ツァーヴ
ベネティム・レオプール
ドッタ・ルズラス

テオリッタ
ザイロ・フォルバーツ
ノルガユ・
センリッジ
パトーシェ・
キヴィア
タツヤ

勇者刑に処す

懲罰勇者9004隊刑務記録

ロケット商会

ILLUST めふぃすと

CONTENTS

序

勇者刑とは、最も重大な刑罰の名前である。
少なくとも、連合行政室はそう定めている。
最悪の罰と称されることもある。

勇者たちは魔王現象との戦いの最前線に立ち、死ぬことすら許されず戦い続ける。
この罰に刑期はない。
たとえ百年間戦い続けようが、解放されることはない。
唯一、魔王根絶時の恩赦が規定されているのみだ。

――そして、すべての魔王の根絶というのは夢物語でしかない。

刑罰：クヴンジ森林撤退支援 1

「まずいことになった」

と、ドッタ・ルズラスは深刻そうな顔で言った。

「本当にまずいよ。ぼくは、もう何もかも終わりかもしれない」

またか、と俺は思った。

そもそもドッタは三日に一度くらいの頻度で本当にまずいことになっている。よくあることだ。

それもこれも、本人の手癖が悪すぎるせいだ。

どのくらい悪いかというと『深刻な国家への反逆』という罪により、こうして勇者の刑に処されているほどにタチが悪い。聖騎士団によって捕縛・投獄されるまで、千件を超える窃盗事件を起こしてきたという。世界史上まれにみるコソ泥とでもいうべきか。

ドッタ・ルズラスは本当になんでも盗む。王族所有のドラゴンを盗んだ話を聞いたときは爆笑したが、そのあと左腕を食われたというくだりで真顔になった。どうかしている。

とはいえ、勇者というのはそういう連中ばかりだ。

「なあ、ザイロ。どうすればいいかな、ぼくは――」

「その話」

俺は近づいてきたドッタの顔を押しのけ、黙らせることにする。

「また明日じゃダメか？　お前は気づいてないかもしれないけど、俺たちはいま、死ぬほど忙しい」

死ぬほど、というのは比喩でもなんでもない。

すでにここは戦場だった。いまや人類に残された唯一の国家――連合王国の北端。肌を刺すように冷たい風が吹き抜ける、雪深い森の奥深く。

クヴンジ森林と呼ばれている。もうすぐ人類から失われようとしている領域だ。諸事情あって、俺とドッタはそこで息を潜めて朝から待機していた。もうそろそろ日は暮れかけており、いまにもクソ寒い夜が始まりそうだった。

間もなく魔王現象を相手に繰り広げねばならない、『決死の作戦』も待っている。

そこへ来て、偵察から帰ってきたドッタの「まずいことになった」という発言だった。これは頭が痛くなるし、とにかく黙ってろと言いたくなる。

「ドッタ、これから待ってる仕事が何かわかってるか？」

「まあ……一応は」

「言ってみな」

「魔王と戦う」

ドッタは青白い顔で呟《つぶや》き、懐から小さな瓶を取り出した。東方諸島産のかなり高級な酒だと思う。豆から作る酒だ。

「そうだな。……ところでお前、それ」

俺はドッタの手中の酒瓶を指差す。

「また盗んだな。ヴァークル開拓公社の酒蔵か？」

「へへ……いいでしょ？　軍隊の偉い人のテントからね」

ドッタは嬉《うれ》しそうにその高級品に口をつけた。こいつは他人の物を盗んでおきながら、えらく機嫌のいい顔をしやがる。

「一番高級そうなやつをもらってきたんだ。あんな無防備に置いておく方が悪いよ」

「どう考えても盗む方が悪いな。高級な酒の味なんてわかんねえくせに」

俺はドッタの手から瓶を取り上げ、わずかに口に含む。喉が焼けそうになる感覚。ただの景気づけだ。味わいたいわけでも、酔いたいわけでもない。

「強い酒だな」

「そのくらい飲まなきゃやってられないよ。これから魔王の軍団と戦うわけだし……あのさ、向こうはすごい大群なんだよね？」

「魔王現象としてはかなりでかい規模だ、影響を受けた異形《フェアリー》が五千。泣けてくるよな」

とりあえず事前の情報では、そうだった。

あるいはもう少し減ってくれているかもしれない——我らが連合王国の、それはそれは偉大で高貴なる聖騎士団様の努力によっては。たぶん高望みにすぎるだろう、と俺は思っている。そもそも敵を千や二千を減らしたところで、あんまり意味はない。

なぜなら——

「その異形《フェアリー》どもを、俺たちたった二人で足止めしなきゃならねえんだよ」

俺はドッタに酒瓶を突き返す。

「うん……」

ドッタは青ざめた顔でうつむいた。

「わかってるよ。ぼくらは勇者だ、仕方ない」

つまり、そういうことだ。

俺たちは勇者という刑に服する罪人であり、命令に対して逆らうことはできない。首筋に刻まれた刺青がその証拠だ。『聖印』と呼ばれる特別な印の一種。

この刑を受ける者は、死ぬことさえ許されない。

心臓が止まっても頭が吹っ飛んでも復活させせられて、また前線で戦うことになる。

たとえ死んでも蘇生《そせい》させてもらえる——といえば良いことのように聞こえるかもしれないが、当然、問題もある。生き返るときには記憶とか人間性とか、そういうものを少しずつ失っていく。中には自我を完全に喪失して、動く死体みたいになったやつもいる。

俺たちに選択の余地はない。任務を果たす以外にどうすることもできない。このとき俺たちに与えられたそれは、言葉にしてみるとかなり単純なものだった。

すなわち、「撤退支援」。

敗走してくる聖騎士団を援護し、この森から脱出させる。押し寄せてくる敵——魔王現象が生んだ異形《フェアリー》の『軍勢』はおよそ五千。援護や支援の部隊は存在しない。懲罰勇者９００４隊のみで完遂するべし。

そして懲罰勇者９００４隊で動けるのは、この俺、ザイロとドッタ――それから何の役にも立たない『指揮官』だけという有り様《ありさま》だった。あとは吹っ飛んだ腕や首を修復中だったり、別の任務に従事したりしているため、何一つ期待できない。

任務の達成条件は、聖騎士団の過半数の離脱。この条件を満たせなかったとき、あるいは森から逃亡したとき、首の聖印が俺たちを苦しめて殺すことになっている。

控えめに言って、相当ふざけている。考えたやつを叩《たた》き殺《ころ》したい。

とはいえ、これはまだマシな方だ。最初はもう少し無茶な任務が計画されていた。すなわち、この魔王現象の核となっている魔王の撃破、とか。

これに関してはうちの『指揮官』が交渉した結果だ。やつは部隊の指揮なんて微塵《みじん》もできない役立たずの腰抜けだが、元・詐欺師の政治犯だけあって人を騙《だま》す能力には長《た》けている。

「まあ、なんとかなるよ……ね？」

ドッタは俺を窺《うかが》うように見て、また酒を呷《あお》った。

「今回は暴力担当のザイロもいるし、ぼくらは勇者だもんね。最悪、ひき肉になるくらいでまたどうせ蘇生――」

「わかってねえな」

俺はドッタに現実を突きつける必要性を感じた。

「蘇生がどの程度うまくいくかは、死体の状況によるんだ。死体がひき肉になってたり、そもそも回収できなかったりすると、絶対にろくでもない後遺症が残る」

雪に埋もれた俺たちの死体を、聖騎士団が後で回収してくれる見込みはない。この森は間もなく魔王現象によって汚染されるからだ。

そうなれば蘇生技術を使ったとしても、記憶や自我に深刻な影響が出る。この辺の詳しいことは俺も噂《うわさ》でしか知らないが、懲罰勇者に使われている蘇生技術は、地獄から死者の魂を引きずり出し、肉体にぶちこむような代物であるためだという。

本人の肉体が無事に残っているほど蘇生の精度は上がるが、材料さえあれば別に他人のものでも構わない。とはいえ、他人の血肉を寄せ集めて生き返らすような乱暴なことをすれば、その分だけ欠陥の発生率も高まる――らしい。結果として、亡者同然の歩く屍《しかばね》のようになった勇者もいる。

これには、ドッタは心の底から驚いたような顔をした。

「え、本当に？」

「嘘《うそ》ついてどうする」

「知らなかった。ザイロ、詳しいね」

俺は答えなかった。もしかしたら、こういう情報は一般向けには公開されていないやつだったかもしれない。それともドッタがまさに、何度か死んだ影響で忘れているだけか。

「だから、うまいことやる必要があるんだよ。お前の話を聞いてる暇はない」

「いや、でも」

「っていうか聞きたくねえ」

「聞いてよ！　本当に大変かもしれないんだ。これ、どう思う？」

ドッタは傍らの地面を指差した。

俺があえて見ないようにしていた、大きな物体がそこにある。

「……なんだそれ」

棺桶《かんおけ》だ、とまず思った。

縦長の箱で、小柄な人間がひとり中に入れそうな大きさがある。表面にはなんだか複雑な装飾が施されていて、棺桶だとするなら、よほど身分の高い人物が収まるものではないだろうか。

俺はまたしてもドッタの正気を疑った。

「ドッタ、……なんで棺桶なんか盗んできたんだよ」

「わからないよ……なんか豪華な箱があって、盗めそうだなって思って、気が付いたら」

俺は何も答えなかった。ドッタの盗み癖をいまさらどうこう言うつもりはない。こいつの衝動的な窃盗はもはや死んでも直るまい。こいつは本当に何でも盗むし、無意味なものほど盗みたがる。

このとき俺が気になったのは、別のことだ。

「なあ、ドッタ。この棺桶なんだけど」

俺は蓋に手をかけてみる。

「もしかして……誰か入ってるな？」

「そうなんだよね」

ドッタは予想した通りの答えを返してきやがった。どうかしている。

「運んでるとき、すごく重いとは思ってたんだけど、さっき確認したら――」

「盗む前に確認しろ！　お前はなんで死体を盗んでくるんだよ、ワケわかんねえよ」

「そんなの、ぼくだってわかんないよ！　気づいたら盗んでるんだから！」

「なんでお前が俺を怒ってる感じになるんだ、異形《フェアリー》の前に一回俺が殺すぞ」

ドッタが『まずいことになった』と言った意味がわかってきた。

これだけ豪華な棺桶に納められているのだから、きっとその死体は王族か、大物貴族の類だ。聖騎士団に従軍していたそれはそれは偉い人が死んで、この棺桶に納められたのだろう。

たしかに盗まれたら大騒ぎになりそうだ。こうなったら、俺からできる助言は一つしかない。

「いますぐ返してこい、アホ」

言いながら、俺は死体を確認するため蓋を開けてしまった。

なぜ開けたかと言えば、俺にもよくわからない。

あるいは悪趣味な好奇心だったかもしれない。王族や貴族なら俺の知っている相手の可能性はあるし、中にはぶち殺したい人間も一覧表に並べられるほどいる。そのうちの一人ではないかと、非倫理的かつ陰険な期待を抱いたような気がする。

ただ、本質的には『なんとなく』以外の何物でもなかった。俺がそういう不注意なやつであるという、それだけのことだ。

「しまった」

俺は開けて後悔した。

たしかに人間が入っていた——少女だ。

それも、ちょっと怖いくらいの美少女。聖騎士団の白い軍服。滑らかな金の髪と、北方出身を思わせる雪のような白い肌。作り物のような顔の造作——

だが、何より俺が目を奪われたのは、その左の頬から首にかけて刻まれた『印』だった。おそらくその文様は胸元、心臓のあたりまで達しているはずだ。俺は知っていた。

聖印と呼ばれている。俺たちの首にあるものと少し似ているが、決定的に違うものだ。

「ドッタ、これはまずい」

「だよね。これって王族の子だよね？」

「違う。そもそも人間じゃない」

頭の片隅がひりつくような錯覚に襲われる。

「《女神》だ、このガキ」

「え？　なに？」

「なに、じゃねえよ。《女神》だよ」

人類の希望の一つ。太古の英知によって創造された決戦生命体。

そういう大げさな宣伝用の文句があった。しかし、俺は知っている。その表現は適切だ。《女神》は、人類が魔王たちに対して持ちうる、最大最強の戦力に間違いない。

聖騎士団とは、この《女神》を防衛し、かつ兵器として運用するための組織だ。

現存する《女神》の数は、この世にわずか十二しかない――いや、いまは十一になっているか。そのうちの一つを盗んできたというのだから、このドッタという男はとんでもない。こんな情勢でなければ、世界史上に残る大泥棒になっていただろう。

「いますぐ返してこい。かつてないほどヤバいぞ。《女神》くらい知ってるだろ！」

「ええ？　いや、まあ、遠くで見たことあるけど……そうなの？」

ドッタは理解できないというような顔をした。

そうか。一般に《女神》というやつは、どんな姿をしているものなのか伝わっていないのか。

「こんな、ほんとに女の子の形をしてるもんなの？　あのさ、ぼくが見た《女神》は、もっと超でかいクジラみたいなのとか、鉄の塊みたいな――」

「説明が難しいが、まあ、そういうやつもいる」

《女神》は太古に生み出された、いまでも解明できない超兵器だ。

中には人間には理解できない形をとる者もいるし、そうでない者もいる。さらに便宜上《女神》と呼ばれているが、必ずしも女性体ではない。俺が知る限りは、たぶん。

「ドッタ、よく聞けよ。こいつは」

面倒ながら、俺は少し解説してやろうとした。だが、その前に俺の耳は、夕暮れの薄闇を破るような激しい音を聞いていた。

角笛と、太鼓の響き。

これは間違いなく味方の、人類側の軍隊が鳴らす騒音だ。魔王現象は普通、そういう道具なんて使わない。

「なんだよ。もう来たのか？」

反射的に、俺は両手を握り、また開いた。

手の平。手首。それから肘——肩にまで。皮膚にはくまなく聖印が刻まれている。戦いのための聖印だ。超多目的ベルクー種機動雷撃印群とクソ長い名前で呼ばれている。これだけは勇者刑に処されても剝奪されなかった。

俺の、いまとなっては唯一の「私物」。

「異形《フェアリー》の群れだよな。見えるか、ドッタ」

「うん」

ドッタは目を見開き、夕暮れの薄闇の奥を覗《のぞ》き込《こ》んでいた。もともとは泥棒稼業で鍛えられた、こいつの目は特別だ。夜目が利く。

「……いる。もう動いてるよ」

「じゃ、俺たちの出番だな」

「ま、待った。心の準備が、まだ」

「そんな暇があるか？　首の聖印に聞いてみろ。まずは味方と合流するぞ」

たったいま角笛と太鼓を鳴らした連中のことだ。

そう遠くはないと、俺は推測していた。音の規模からして、二千を超えるという聖騎士団本隊ではないはずだ。おそらく斥候部隊か、別動隊か、そんなところだろう。

「ま、待ってよ！　置いてかないで！」

「急げ。《女神》も忘れんじゃねえぞ、お前が盗んだんだから責任持って抱えろ！」

「えっ……あの、ホントに？　すごい重いし、持っていくのはどうしようかなって、いま」

ドッタは反論しかけたが、俺が睨《にら》むと黙って《女神》の入った棺桶を担ぎ上げてついてくる。

そこからは無言で、足早に移動する。森には敵の気配が満ちていた。怒号と、金属の音。角笛と太鼓の音が徐々に途絶えがちになっていく。嫌な予感がする。急がなくては――そう遠くはないはずだ。きっと。

そのまま開けた斜面にでくわし、滑り降りようとしたときだった。

「待った！　ザイロ、これっ、ちょっとまずい！」

いきなり、ドッタが俺の腕を摑《つか》んだ。俺は前のめりに倒れかけ、ドッタを怒鳴りつけるべく睨んだ。が、その顔の真剣さで気づく。やつは望遠レンズを差し出していた。

「もう手遅れだよ。見て」

「なんだよ」

俺はその場に身を沈め、望遠レンズを手にして覗き込む。木々の隙間、夜の向こう。ドッタのように暗闇を見通せるわけではないが、地面に散らばる松明《たいまつ》の炎で、どうにか見えるものがある。

そこで「手遅れ」の意味がわかった。

(異形《フェアリー》ども、やりやがったな)

おそらく、彼らは別動隊だったのだろう。たぶん二百ほどの兵士たち。

そのすべてが、いまや死体か、あるいはその直前のような有り様になっていた。

武器を使って戦おうとした形跡はある。だが、死体の兵士の手に握られた剣はへし折られており、いままさに巨大なカエルのような怪物――異形《フェアリー》に噛《か》み砕《くだ》かれていた。俺が見たのは、ちょうど、そいつがそのまま腕ごと噛み千切るところだった。

この種の異形《フェアリー》は、『フーア』と呼ばれている。カエルが魔王現象の影響を受け、怪物と化した存在。大人の人間ほどの体高があり、機動力に優れる。

「ぎ」「ぎい」「ぎぎい」

と、闇の中にやつらの異様な鳴き声が響く。獰猛《どうもう》に光る目が跳ねる。

聖騎士団の別動隊は、この異形《フェアリー》どもに蹂躙《じゅうりん》されていた。半狂乱になって叫んでいる兵士の足を、くわえて振り回しているやつがいる。盾を掲げて身を守ろうとした兵士に飛びつき、押し倒し、頭部を噛み砕くやつもいる。

すでにまともな迎撃ができていない。血と肉と泥が彼らの足元で跳ねていた。

「だ、ダメだって、ザイロ」

ドッタはもう完全に蒼白《そうはく》な顔で言った。

「逃げよう！　どこかに隠れてやりすごそう！　あいつら、もうこんなところまで」

「たしかに、やつらの進軍は速いな」

聖騎士団の別動隊が、接敵に気づいてから瞬く間に壊滅させられた。奇襲には警戒していただろうに、こんなに容易《たやす》く。それはやつらが機動力に優れた大軍であることを意味していた。

「だが、まだ全員死んだわけじゃない。助けに行くぞ、ドッタ」

「ええっ」

ドッタは目を見開いて俺を見た。とんでもない阿呆《あほう》を見る目だ。

「無理だって、絶対」

「まだ粘ってるやつもいる」

おおよそ二十人に満たないほど。円陣を組み、フーアを迎え撃とうとしている連中がいた。

「あいつらを助けて味方にした方が得だろうが」

「ぜんぜん得じゃないって！」

「聞け、アホ。この任務は聖騎士団過半数の離脱だろ。それなら一人でも多く助けた方が成功する確率が高くなる。それに」

「それに？」

「そろそろ思いっきり暴力を振るいたい気分だ」

俺は笑ってみせた。ここまで理由が揃《そろ》えば、もう十分だろう。

「戦うぞ、あいつらを助ける」

「——た、たかう」

不意に聞こえたその問いかけに、俺は戦慄した。ドッタの声ではない。

たどたどしいが、薄い鋼を弾いたような声だった。

俺はそこで気づいた。棺桶の蓋が開いている。その中から、《女神》が上半身を起こしていた。

おまけに目を開き――その瞳が炎の色に輝き、射るように俺を見た。

「たたかう。た、すける。……なるほど」

《女神》は、呻《うめ》くように呟いて、悠然と立ち上がる。

「いい言葉、です。あなたが、私の、騎士のようですね」

彼女は一語一語を区切って発する。

黄金の髪の毛が、火花を発しながら風になびいた。炎の色の瞳が動き、俺を頭からつま先まで、睨みつけるように眺めた。そしてわずかに眉をひそめると、数秒の後にうなずいた。

「いいでしょう」

発音が徐々に滑らかになっていく。

「合格点を差し上げます」

「なんだって？」

「戦いが始まるのでしょう。それも、他者を救うための戦いが。《女神》として、あなたに勝利を約束してあげます。よって――」

《女神》は金の髪をかきあげた。強い火花が散る。

「敵を殲滅《せんめつ》した暁には、この私を褒《ほ》め讃《たた》え、そして頭を撫《な》でなさい」

《女神》。彼女たちにはいろいろな型が存在する。個性がある。

だが、いずれの《女神》にも共通する項目がたった一つある。戦いに関するプライドの高さと、承認欲求の強さだ。俺はそれを、よく知っている。《女神》を運用していたことがあるからだ。

「……ドッタ」

俺は傍らの、小男の首に腕を回した。絞めつける。

「今回ばかりは、お前の言った通りだ。何もかも終わりかもしれねえ」

「ぐぇぇぇ……えっ？　なに、やっぱり？」

「そうだよ」

それもこれも原因はすべてドッタにある。俺は腕に力を込めた。

「こいつ、ホンモノの《女神》だ。それも――たぶん未起動の。十三番目の《女神》だよ」

刑罰：クヴンジ森林撤退支援　２

人類と魔王現象は、はるか昔から断続的な戦いを繰り返しているという。

その歴史を辿《たど》り、太古にあったという最初の戦いから数えれば、いまは四度目だ。『第四次魔王討伐』と呼ばれている。

この第四次魔王討伐において最初の一体が確認されたのは、二十年と少し前。

はるか西方、開拓域の山奥でのことだったという。

魔王現象一号、呼称『ウワバミ』。

それは、開拓村の人間たちが「とてつもない大蛇を見た」という噂に端を発する。その大蛇の出現をきっかけに、めちゃくちゃなことが始まった。ただ人間が襲われただけではない。

森の木々はねじれ、小動物や昆虫は怪物のようになり、土地は腐りはじめた。蛇に嚙まれたという人間が死体となってから起き上がり、麓の集落に襲い掛かった。

それらの報告も、最初は怪談というか、田舎者の与太話だと思われた。ヴァークル開拓公社が発行している新聞でも、その程度にしか扱われていなかった。村がいくつか壊滅したという話は誇張されたものだと認識された。

第三次魔王討伐は少なくとも四百年以上は昔のことで、多くの人々はそれを事実だと考えていなかった。もはや魔王現象は、吟遊詩人や語《かた》り部《べ》の昔話の中にしかいないと思われていた。

だから初動は大いに遅れた。

散々に被害を出した挙げ句、聖騎士団が出動し、焦土印によって山ごと吹き飛ばすしかなかった——という話も流れたが、所詮は地方のこと。大げさな伝聞にすぎないと笑う者もいた。

それらがすべて現実だとわかったときには、もう遅かった。各地で魔王現象の出現が相次いで、あっという間に拡大した。

そうして、人類は生息域の半分を喪失し、いまに至る。

◆

俺は暗闇の奥に、飛ぶように跳ねる影を見ていた。

フーアと呼ばれるこの種類の異形《フェアリー》は、そういう特徴的な移動手段をとる。性格は極めて獰猛。

そもそもやつら——異形《フェアリー》どもに共通する特徴として、ほかの生命体へ見境なく攻撃する凶暴性が挙げられる。

理由はよくわからない。神殿の学士によれば、生き物の見ている悪い夢のようなものだから、とのことだ。まるで理解できない説明だが、たしかにやつらの見た目も生態も、おおむね悪夢的な存在ではある。

よって、速やかに駆除するしかない。

いま目の前で襲われている、聖騎士団の生き残りが全滅する前に。

（そうだ。《女神》のことなんて忘れろ、気にするな）

やるべきことに集中しなければ。すなわち戦闘。

「ドッタ！」

俺は腰のベルトから一本のナイフを引き抜き、右手で握ると、手の平の聖印が熱を帯びるのがわかる。力が刃に流れ込む。

「方向と距離を合わせろ。一番密集してるのはどこだ？　そこに叩き込んで注意を引く」

「気が進まないんだけど……」

ドッタは少し怯《おび》えたような顔をしたが、構わない。

戦い方は決めていた。どうせ撤退支援ということなら、せいぜい派手にやって陽動をこなさなければならない。

「十時の方向、指一本分くらい九時寄り」

ドッタが望遠レンズを覗き込み、呻くように言った。

「距離は三十七歩、かな？　いちばん密集してるのは」

ドッタはそこそこ夜目が利くが、この芸当は単に視力だけの話ではない。

異様な勘を持っている、というべきか。相手は生き物に限るようだが、臆病な分だけ、他人の気配におそろしく敏感だ。信じられない精度で対象物との距離を測る。

「……ええ。なるほど」

せっかく忘れかけていたところなのに、声がした。《女神》の声だ。

「そちらの貧相な方も、目はよろしいようですね」

彼女はドッタに対し、的確に失礼なことを言った。それから俺の前に進み出る。

「では、我が騎士。戦うのでしょう。どのような戦術で参りますか？」

「ええ？　ザイロ、えっと、この子は」

「ああ、いや……」

ドッタにも困惑した目を向けられ、俺は返答に困った。すごく困る。相手は《女神》だ。言い方に気を付けなければ。

「あの程度の連中に……そう……」

不用意に《女神》の力を使うべきではない。俺はそのことをよく思い知っている。

「《女神》様の偉大な……偉大な力を借りるのは恐れ多い。その辺で、あれだ。見守っていてくれ」

「まあ、控えめなのですね」

《女神》は明らかに嬉しそうな顔をした。

「遠慮なさらなくてもよいのです。さあ、いますぐ私に頼りなさい。偉大なところを見せて差し上げましょう」

「違う、これは遠慮じゃなくて――」

俺はもっとはっきりと断る言葉を探そうとしたが、状況はそれを許さない。

「ザイロ、やばいって」

ドッタが今度は怯えた声で、俺の名を呼んだ。

「こっちに気づいたやつがいる！」

「くそ」

悪態をつく。上等だ。

「どうしよ、ザイロ」

「問題ねえよ」

俺はナイフを振りかぶり、腕をしならせて投擲《とうてき》する。

それはまっすぐ、弓矢のように飛んだ。びぃっ、と、空気の裂ける音――そして着弾。その言葉がふさわしい。

一瞬だけ、薄闇の奥に閃光《せんこう》が走った。

続いて破裂音。

多大な熱量が解き放たれ、木々と土と石と、フーアどもの体をぐちゃぐちゃに吹き飛ばす。ここまで風圧を感じたほどだった。一応、これでも威力は調節した。

本気で使えば、小さな家ぐらい一撃で吹き飛ばす威力は出せる。いまのはせいぜい馬車を粉々にする程度の破壊半径に絞った。

これはナイフではなく、俺の手の平の聖印に仕掛けがある。前の職場で使っていた商売道具だった。勇者刑に処されたときに、ほとんどの聖印は機能を封じられたが、たった二つだけは残された。

その一方が、これだ。

この印の製品名は『ザッテ・フィンデ』。

古い王国の言葉で「デカい飴玉《あめだま》」の意味――熱と光の聖印。対魔王現象兵装の一つであり、現時点においては最新鋭といえるだろう。物体に聖印の力を浸透させ、破壊兵器に変える。

派手な手投げ式の爆竹のようなものだ。

「注意は引いた。ここまでは予定通りだ」

俺は冷静なふりをして言った。慌てるとドッタが逃げ出すからだ。

「ほ、ほんとに予定通り？」

「俺が予定通りっつったら予定通りなんだよ」

爆撃を受けたフーアたちが混乱しているのがわかる。いきなり襲われ、こちらの脅威度を測りかねている。円陣を組んでいた兵士たちよりも、こちらに警戒を向けていた。

そいつらを睨み返し、俺はすでに走り出している。斜面を滑り降りる。

「ドッタ、とにかく撃ちまくれ。撃ったら走れ。遅れるなよ！　《女神》様も連れてこい！」

俺の言葉に、ドッタは短い杖《つえ》をベルトから引き抜く。目の高さに構える。

「ゲロ吐きそう……」

文句を言いながら、ドッタは杖を握る手に力を込めた。杖には聖印が刻まれている。

この類の武器を、雷杖という。

印の製品名は『ヒルケ』。ヴァークル開発公社が開発した、一昔前の古いやつだ。聖印によって雷を放つ。回避も防御も困難な飛び道具、という名目で売り出された。射出の射線と焦点を設定するのに熟練が必要なため、有効性は弩《いしゆみ》より少しマシ、というところだ。

ドッタはこいつの名手というわけではない。

目がよくて気配に敏感でも、肝心の聖印を制御するセンスというものが欠けている。ただ、それも状況次第で役に立つ。たとえば、とんでもない頭数で襲ってくる異形《フェアリー》どもとか。

「──あっ！　当たったっ」

ドッタが嬉しそうに言った。

雷杖の先端が稲妻を放ち、金属がひび割れるような音を響かせる。同時に、フーアの一匹の頭部が肉片を散らして吹き飛んだ。その分だけ、もっと多くの注目がこちらに集まった。

「ザイロ、当たったよ！」

「これだけの数なら外す方が難しいんだよ。そのまま援護しろ！　俺に当てたらぶっ飛ばす！」

俺は森の木々の間をかすめるように駆ける。

そして、フーアどもの只中《ただなか》へ突っ込んだ。

「邪魔だ」

と言い捨てながら、血と肉と泥の領域へと踏み込む。聖印を起動し、ナイフを放つ。二匹くらいをまとめて吹き飛ばす。これは名乗りをあげるよりも効果的に注目を集めた。そしてまたまばゆい閃光、爆破、耳障りな怪物の悲鳴──ついでにドッタの愚痴。

「あの、ごめん。ザイロに当てないようにするの、すごく気を使うし難しいんだけど……」

よくそんな文句が言えるものだ。当てられるものなら当ててみればいい、ドッタにそんなまっとうな腕前はない。

「いいから撃て。休むな。撃ち続けろ！」

という俺の指示はたぶん聞こえたはずだ。

さらに何度か稲妻が走り、俺も駆けながらナイフを放つ。そうして立て続けに粉砕してやると、片付くまではそう時間はかからなかった。焼け焦げた怪物どもの破片を蹴とばして、俺は生き残りの兵士たちに声をかける。

「おい！　まだ生きてるな？」

かろうじて円陣を組み、応戦していた彼らの数はさらに減っていた。残り十人ほどか。

そのうちの一人――まだ若い、いっそ少年のように見える兵士が俺を見た。いや、正確には俺の首筋にある聖印を見たのだろう。

「あなたは」

「……懲罰勇者？　なぜ、こんなところに……！」

助けられた安堵《あんど》と、その相手が懲罰勇者だったこと。そのせいですっかり混乱している。

だが、取り合ってはいられない。俺はナイフの残弾を数える。第一波は止めたが、まだ次の一群がやってくるだろう。すべてを相手にするのは絶対に無理だ。この状況を打開するには、逃げの一手しかないのだが――

「……我々には、構うな」

少年のような兵士が忌々しげな顔で言った。彼は明らかに意識のない、負傷した戦友に肩を貸している。本人も疲労しており、槍《やり》を杖代わりに使っている有り様だ。

「懲罰勇者に助けられるなんて、名誉にかかわる……！」

「あれ？　ええ？」

ドッタは困惑して俺を振り返った。

「いま、ぼくら、かなり感謝されてもいい流れじゃなかった？　違う？」

ドッタの言う通り――とまでは言わないが、納得がいかない、とは思った。

せっかく助けたのに『構うな』とまで言いやがる。なるほど、言う通りに構わず逃げるのは簡単なことだ。こいつらを囮《おとり》に、敵を突破すればいい。しかし。

「――わかっていますよ、我が騎士」

いつの間にか、《女神》が俺の傍《そば》にいた。

少し呼吸は荒いが、ちゃんと俺たちから離れずついてきたらしい。その状態で、彼女は優雅に額にかかる一房の金髪を払った。

「彼らを見捨てて逃げるなどありえません。そうでしょう？　ここは私にお任せなさい。あの程度の薄汚い異形《フェアリー》など、一網打尽にして差し上げます」

「いやいや、それは、その……」

俺は何か断る理由を探そうとした。《女神》の力を使うのは、すごくまずいことだ。いまならまだ間に合う。聖騎士団にこっそり返却することができる。力を使ってしまっては取り返しがつかない。

その場しのぎでもいいから、何か理由を見つけなければ。

「ま、待て！」

俺が必死で考えている間に、兵士の一人が狼狽《ろうばい》した声をあげた。その目が《女神》を見ていた。

「どういうことだ？　その金髪、その瞳、まさか」

バレたか。さすがに気づいたようだ。

「なぜお前たちが、その方を連れているんだ！　何をした？」

「や、やめてよ、いま仲間割れしてる場合じゃないって！　それよりザイロ！」

大声をあげてドッタが遮ってくる。たぶん自分の窃盗を追及させないためだ。

「まだ次が来るよ。こっち、気づかれてるって。なんとかしなきゃ！」

「そうだな」

ドッタのいい加減な射撃だけでは牽制力《けんせいりょく》が貧弱すぎる。せっかく救出した兵士たちは、負傷しているか疲労困憊《ひろうこんぱい》の状態にあり、戦力として期待できそうにない。結局、ナイフの残弾は心配だが、俺がやるしかないというわけだ。

「《女神》様、とにかくここは大丈夫だ。俺らでどうにか――」

俺は《女神》を制止しながら、もう一本ナイフを引き抜こうとする。

そのとき、また別の問題がやってきた。

『――ザイロくん！　ドッタ！』

耳元で悲鳴が聞こえた。

鼓膜が痺《しび》れるくらいの金切り声。こういう声を出すやつを、俺もドッタも知っている。だから思わず耳に手を当てた。

どうせ無駄なことではあるが、そうせざるを得なかった。首筋に刻まれた勇者の聖印が、この声を届かせている——そういう力がある。遠距離での通話。俺たちは互いにこの忌々しい連帯から逃れられない。

『大変ですよ、聞いてください！　大変なことになりました。すごく大変です』

そう言ったのは、俺たちの名目上の『指揮官』。

政治犯にして詐欺師にして役立たずの根性なし、ベネティム・レオプール。たまに連絡をよこしたと思ったら、ドッタと同じくらい決まって『すごく大変なこと』を報告してくるのが常だ。それは主に上層部からのクソみたいな命令であったり、状況の悪化であったりする。

『これ、もう終わりかもしれないってくらい大変です。ザイロくん、いま余裕あります？』

「ねえよ！」

俺は吐き捨てながら、ナイフを握る。聖印の力が注《そそ》ぎ込《こ》まれる——腕をしならせて投擲する。爆音。フーアどものぶよぶよした体が吹き飛ぶ。まずこれで、俺たちを発見した先鋒《せんぽう》は潰した。少し時間を稼げる。

「いまの聞こえたか？　あ？　これで余裕あると思うか？」

『ないような気がしました。でもこれ言わなかったら後でザイロくん怒りますよね』

「怒る。いま言っても怒るけど！　なんだよ！」

『聖騎士団が動きました』

「そりゃ良かったな！　さっさと撤退開始してくれたんだろ？　そのくらいの報告なら――」

『いえ。魔王現象に向かって動いてます』

一瞬、自分の耳が信じられなかった。聞き返す。

「いま、なんつった？」

『そちらの森で態勢を立て直していた聖騎士団のみなさんは、魔王現象に対して戦列を組んでいます。なんでも、魔王現象の進軍をここで食い止めるとか』

「……なんで？」

『そんなの私にわかるわけないじゃないですか』

それからベネティムはだらしのないような笑い声をあげた。

『もうすぐ双方が激突しますよ。……どうしましょうね？』

知るか、と言いたかった。

聖騎士団に作戦は伝わっていないのか？　伝わっていたとしてもそれを無視したのか？

俺の知る聖騎士団は、腐っても軍事の専門家だ。こういうときは勇者部隊を捨て駒にして、さっさと離脱を始めるのが定石のはずだった。

「おい！」

俺はもはや立ち続ける力もないらしい、傍らの兵士たちに怒鳴った。

「お前らの指揮官、何を考えてるんだよ？　もともとそういう計画だったのか？」

「……そうだ」

声を出すだけでも精一杯、というように、最も年少の兵士が答えた。

「我々は懲罰勇者による撤退支援など、信用していなかった。それに、キヴィア団長は……我々聖騎士団は、名誉を重んじる。一矢報いる、そのつもりで――」

「馬鹿じゃねえのか」

俺はそいつらを一人ずつ蹴り飛ばしてやりたい気分になった。が、そんな暇はない。いずれにせよ、いまこの瞬間、俺の考えていた計画は音を立てて崩壊した。

聖騎士団の撤退を支援するという命令が生きている限り、やつらに森の中に居座ってもらわれては困る。魔王現象の群れと正面からぶつかるなんてもってのほかだ。このままでは俺たちは無惨に死ぬし、聖騎士団だって全滅に近い被害を受けるだろう。

なぜなら、やつらが切り札とする想定だった《女神》がここにいるから。

(ふざけてるよな)

俺たちにできることは、こうなれば一つしかない。聖騎士団が撤退しないというのなら、切り抜ける方法は、もう――

「ザイロ」

ドッタは泣きそうな顔をしていた。

「どうしよ？」

俺は沈黙のまま、ドッタと、その背後にいる十人ほどの兵士たちを見た。彼らは傷つき、疲弊している。絶望的な表情で、しかしどこか何かに縋《すが》るような顔で、俺たちを見ていた。

気に入らない連中だ。いま会ったばかりの見ず知らずの連中でもある。

こんなところに来なきゃよかった、と俺は思った。

「……《女神》様」

「ええ、はい」

俺が視線を向けると、《女神》は満面の笑みで答えた。

「やはり私の力が必要でしょう、我が騎士？　反撃の時間ですね？」

「ああ。……そう……そうだ。そうだよ、反撃する」

彼女には、俺とベネティムの会話は聞こえていない。まだ彼女は誤解している。俺たちが、俺が、何者かを知らない。つまり俺は彼女を騙すことになる。それでもだ。

「《女神》様のお力を貸してもらいたい」

俺ははっきりと言った。

「作戦を切り替えるぞ、ドッタ。これから俺たちは魔王を倒す」

「ええ？　ちょっと、本気で言ってる？　敵が五千くらいいるんだよね、勝てるつもり？」

「無礼な方ですね。当然でしょう。この私が力を貸すのですから」

《女神》は優雅に一礼した。

「それでは我が騎士、契約の代償を差し出しなさい」

「……わかってる」

俺はナイフを引き抜き、自らの右腕に刃で傷をつける。鋭い痛みとともに血が溢《あふ》れ出《だ》す。

つまり、これが《女神》と契約する方法だ。使い手である騎士は、自らの体の一部を差し出す。契約の証《あかし》だ。それから誓いの言葉を交わす。一対一の契約――どちらかが死ぬまで続くもの。

これで初めて、女神は人のために力を発揮することができる。

「頼む。俺たちを助けてくれ」

「では、あなたは我が騎士らしく、己が偉大なる存在であることを証明すると誓えますか？」

「誓う」

俺は迷いなく言った。

いや、嘘だ。少しは迷ったが、それは言葉を発した後のことだ。言ってしまったと思った。

「いいでしょう」

それでも《女神》は嬉しそうに俺の腕の傷口に唇を近づけた。

「承りました、喜んで」

彼女の人形のように整った容貌から、その唇も硬いガラスのような感触かもしれない、と予想した。が、そんなはずはない。柔らかく、滑らかな唇が傷口に触れる。

頭の奥で炎が灯《とも》るのを感じた。長らく使っていなかった――あるいは忘れていた、自分の一部を取り戻す感覚。《女神》が微笑《ほほえ》むのがわかった。その全身がいっそうまばゆく輝いている。

（やっちまったな）

束《つか》の間《ま》、目を閉じると、まぶたの裏の暗闇に火花が散った。心の奥で何かの扉が開かれたような感触。それは『接続』が完了した証だった。こうなってしまえば、もはや後戻りはできない。俺はよく知っている。

このときのこれが、まさに取り返しのつかない第一歩だったといえる。

こうして、俺はまた人生を台無しにした。

《女神》とは兵器だ。

生きている兵器。

歴史書によれば、彼女たちはかつての第一次魔王討伐の頃、大文明と呼ばれる時代に降臨したという。そこから何千年もの時を超え、魔王現象の出現に応じて目覚め、役目が終わればまた棺《ひつぎ》にて眠りにつく。どういう原理なのか、眠る前の記憶はほとんど失われてしまうらしいが、世界と人類の守護者であることだけは変わらない。

彼女たちが持つ機能は、魔王現象に対抗する『何か』をどこかから呼び出す——召喚するということにある。神殿の学士によれば、《女神》とはある種の「門」であるという。

その性質は個々の《女神》によって異なる。人間を召喚する《女神》もいれば、雷や嵐といった自然現象を召喚する《女神》もいる。未来の光景を呼び出し、予知する《女神》もいるらしい。

こうした《女神》の運用に、取扱説明書や手順書は必要ない。その《女神》が何を呼べるか、何ができるかという機能については、契約を交わした聖騎士ならば理解することができる。

このとき、俺もすぐさま理解できた。

「テオリッタ？」

俺の血を啜《すす》った金髪の少女は、そういう名前の《女神》だった。

「ええ、我が騎士」

テオリッタは火花を散らして髪をかきあげる。

「ザイロ」

彼女もまた、俺の名を理解していた。

「どのような祝福をお望みですか」

そう尋ねたテオリッタの炎のような目の奥に、俺は鋼の輝きを見た。

剣だ。限りなく思える無数の鋼の刃――名剣。魔剣。宝剣。聖剣。それが虚空の彼方《かなた》で、呼び出されるのを待っている。

「どうぞ。祈りなさい」

剣の《女神》、テオリッタ。

それだけ理解できれば、十分だった。彼女に何が呼べるか、はっきりとわかった。

「柵」

と、俺は短く言った。

取るべき戦術。お互いにできること。意志ともいえない単なる感覚、いうなればイメージのようなもので、俺はテオリッタとそれを共有する。この感覚も知っている。これができるから、《女神》は人類の切り札だった。

ただ強力な存在を召喚するだけでは足りない。それを軍事に長けた者が共有し、運用できるから、切り札になる。

「なんてことを……！」

聖騎士団の一人――少年のような兵士が、俺を咎《とが》めた。というより、嘆いた。絶望的なツラをしていた。体力さえあれば俺に摑みかかってきていたかもしれない。

「なんてことを！　《女神》様と、契約を結ぶなんて、あなたは」

「黙ってろ。これしかない」

俺は死んでも生き返るが、こいつらはそうじゃない。兵士たちは一人残らず疲弊しており、戦う能力が残っていない。第一、いまは俺の行動の善悪を吟味している場合じゃない。

「ザイロ！　つ、つ、次！　次が来てるよ！」

「わかってる」

ドッタが雷杖を構えて叫んだ。

その通り。もう、フーアどもは目の前に迫っている。どす黒く、ぶよぶよしたカエルの体を波打たせ、泥の津波のように殺到してくる。

「なんかさっきのやつらより凶暴になってない？　どうしよ！　死ぬかも！」

「死んでたまるか、アホ」

俺は当然のことを言って、押し寄せるフーアどもを指差した。

「テオリッタ！　派手にやってくれ、ここで押し返す！」

「ここで押し返す。いい言葉ですね」

テオリッタは嬉しそうに微笑んで、虚空を撫でるように片手を動かした。

「我が騎士にふさわしい。喜んで祝福しましょう」

かっ、と、空気が割れたような澄んだ音。

その瞬間に、空から白銀の雨が降り注いだ——何百という数の剣だった。

闇の中でも、自ら輝くような刃の群れ。それが視界を埋め尽くし、目の奥に焼き付くほど眩《まぶ》しく感じた。

一瞬でこれだけの数の鋼が降り注げば、かわすことはできない。それは容赦も手加減もなく、フーアどもの体を一斉に貫いた。強烈な切断音と、耳障りな悲鳴の合唱が連鎖する。降り注いだ剣は地面に突き立ち、そのまま俺たちとフーアを隔てる境界のようになった。

俺が注文した通りだ。その剣の群れが防御柵となる。フーアの数も半分以下に減った。

「うわっ、すご……！」

ドッタは顔をしかめ、鼻をつまんだ。地面がフーアどもの濁った体液で溢れ、すさまじい異臭が立ち込めていたからだ。

「《女神》って、こういうもんなの？　すごい強いじゃん……！」

「そうだよ。こっちも遊んでる場合じゃねえぞ。ドッタ、撃て！」

怒鳴りながら、俺は剣の柵まで駆けた。

「近づけるな。徹底的に叩く」

突き立つ剣の一本を引き抜く。右手で握って振りかぶる——槍や剣を投げる技術は、前の職場で叩き込まれた。

物体に力を浸透させて使う、聖印を用いた戦技だ。この俺に限っていえば、二十歩や三十歩程度の距離で狙いを外すわけがない。腰の捻《ひね》りで下半身と上半身を連動させ、投げる。

投げた剣はフーアどものど真ん中で閃光を放ち、爆発した。それはさらに何匹かを巻き込んで吹き飛ばし、やつらの集団をまとめて削り取る。

血と泥とフーアどもの肉片が混じり、周囲はさらなる惨状と化す。

「うげ……さっきとは別の意味で吐きそうなんだけど」

ドッタも雷杖での射撃を開始する。ヘタクソもいいところで、ろくな足止めにもなっていないが、それでも反撃を受けないのは剣の柵が遮蔽物になっているからだ。飛び越えようとしたやつは、俺が片手で叩き切った。

そうなれば、逃げはじめるやつもいる。こちらの戦力に大きな変化が生じたことは、やつらにもわかるらしかった。

「も、もう大丈夫？　これで一安心だよね？」

「そうだけど、ドッタ、お前ほんと射撃ヘタだな。後半ぜんぜん当たってなかったし」

「へへ。ええと……実はぼく、誰かを傷つけるのが苦手で」

「何言ってやがる。お前は押し込み強盗もやってるだろ。そのとき殺してるよな」

「苦手だけど、あのときは努力したよ。褒めてほしい……」

努力という問題ではないが、ドッタの精神性について言及するのはバカバカしいのでやめた。

フーアたちが逃げていく。ここは凌《しの》ぎ切《き》ったと見ていいだろう。ドッタは地面に尻をつき、荒い呼吸を繰り返している。根が臆病者なのだ。

「――いかがですか、我が騎士」

《女神》テオリッタは、俺の目の前で胸を張った。改めて見ても、背丈が小さい。俺の胸ほどまでしかない。

「この私の祝福に感激しましたか？　異形《フェアリー》どもを滅ぼし、あなたを守ったこの偉大な力……好きなだけ賞賛し崇《あが》め奉《たてまつ》ることを許します」

めちゃくちゃに尊大な言い草だが、見た目はまるで子供だ。その瞳が炎の色に輝いている。何かを期待するように、こちらへ頭を突き出す。

「ザイロ。許すといっているのです」

彼女が言わんとしていることは、よくわかった。そのイメージが伝わってくる。

「頭を撫で、どれだけ私が偉大かを言葉にしなさい」

要するに、彼女はこう言いたいのだ。頭を撫で、『偉いぞ』と声をかけろと。

（しかし、それをするのは――）

俺はためらった。悪趣味すぎる。

彼女たちは人から褒められることに最大の価値を見出《みいだ》す。俺たち人間はそれをわかっていて利用している。それでも彼女らはたしかにそれを必要としているのだ――誰かからの賞賛を。それがなければ生きていけないというぐらいに。

だが、いまさら俺がそんなことをして許されるのか？　ひどい偽善みたいなものじゃないのか。

『あっ。ザイロくんとドッタ、まだ生きてるんですか？』

俺が手を伸ばしかけたところで、耳元でまた不愉快な声が聞こえた。

俺たちの『指揮官』。ベネティムだった。

「なんでちょっと意外そうなんだよ」

「そうだよ、完全に他人事《ひとごと》じゃん！　ベネティムもたまには前線に来なよ」

珍しく、俺とドッタの意見が一致した。ベネティムは少し怯《ひる》んだようだった。

『そ、そうですねえ。二人の苦労もよくわかりますし、考えておきます』

「適当なこと言いやがって。ふざけてんのか？」

「ぼくでもそれは嘘だってわかるよ……」

『ははは。まあ、いまその話は置いといて』

しまいには、愛想笑いと強引な話題転換でごまかす。なんて野郎だ。

『私のさっきの話の続きなんですけど。二人とも、これからどうします？　聖騎士団のみなさんを助けに行かないと……全滅したら大変じゃないですか？』

本当に、なぜここまで他人事みたいな言い方ができるのか。これにはドッタも唸《うな》り声《ごえ》をあげた。

「何言ってんの。ぼくらはいますぐ逃げるよ。聖騎士団が勝手に戦うなんて知ったことじゃないよ」

『ですよねえ。でも、忘れてません？　聖騎士団の過半数が死んだら二人とも死んじゃいますよね。

蘇生の後でまた火炙《ひあぶ》りとかされるんじゃないかな……すごい苦しみますよ、たぶん……』

「うう」

と、ドッタは頭を抱えて俺を見た。

「どうしよう、ザイロ」

「何を情けない顔をしているのです！　悩むことがありますか？」

ドッタの言葉の断片で、話の流れを理解したらしい。テオリッタは非難するようにやつを睨んだ。

その眼前に指をつきつける。

「逃げる必要はありません。すぐに次なる戦いへ赴くのです。そうでしょう、我が騎士？」

「言いたいことはわかったから、ちょっと二人とも黙っててくれ！」

この調子で二人に一方的に喚《わめ》かれては、ろくに思考もまとめられない。大きく息を吸い、まずはベネティムを動かすことを考える。

「ベネティム、なんとか交渉できないのか。お前の唯一の存在価値だろ」

『わかりました。やってみましょう、少し時間をください』

「おいっ、いきなり嘘ついてんじゃねえぞ。なんだその素直すぎる返事は！」

俺は即座にベネティムの嘘を見抜いた。

呼吸をするように嘘をつく男だ。俺にはベネティムの考えがわかっている。やつの置かれた状況もわかる。ベネティムの肩書は『指揮官』であり、森林の外から指揮をとっている。それも、王国刑務官の監視の下で。

つまりあの男は、臨機応変に戦況を判断し、極悪人だらけの懲罰勇者部隊を扱うことができる、唯一の存在である——と、王国刑務官たちに信じさせる必要があり、それに成功し続けている。

『どこか頼りなく、普段は役に立たないが、なぜか犯罪者どもから慕われている切れ者』。

さすが詐欺師だけあって、そういう印象を演出するのがうまい。かつて王族を騙し、王城をサーカス団に売却させかけて捕まっただけのことはある。

実際のベネティムはただ頼りないだけで、別に俺たちも慕ってはいない。普段でも非常時でも、口先以外のことで役には立たない。いま「わかりました、やってみましょう」というのも単なる演出以外の何物でもない。本当に適当なことを言っているだけだ。

呆《あき》れるほど高貴なる聖騎士団どもが、クソみたいな名誉を重んじる迎撃という暴挙に出た以上、ベネティムは俺たちがもうすぐ死ぬと思ってやがる。

『任せてくださいよ、ザイロくん。私はこれでもみなさんの指揮官ですから。たまにはいいところを見せないとね』

「こっちの声が刑務官にどうせ聞こえないと思って、適当なこと言ってるな！」

『それじゃ、すみませんがそういうことで』

「お前ふざけんなよ、後で覚えて——あ、いや待て」

そのとき、俺はベネティムがかろうじて役に立ちそうなことを思いついた。

「聖騎士団は？　どこまで迎撃に出てる？」

『えーっと……』

やや長い沈黙があった。

おそらくいまさら調べているか、刑務官にでも確認しているのだろう。そのくらい把握してから連絡してこい、と言いたい。

『そこからもう少し北寄り、パーセル川沿い、の……ええと……第二渡河地点で陣を組んでる。みたいですねえ。ちょっと遠いですね』

「ぜんぜん遠くねえよ」

俺はまた呆れた。こいつは俺たちの現在地まで適当な把握の仕方しかしていない。だが、いま少しだけ役に立った。そう遠くないのも幸運だ。

このとき、俺には選択肢があっただろうか。

まともにやっても無理そうだから、聖騎士団を救うのは諦めてここは首でも吊《つ》って死んでおく。勇者なのだから、そういうこともできた。あとでひどい蘇生のされ方をするだろうが、運さえよければ、というやつだ。

(――無理だな)

ただ、俺には悪い癖というか、どうにもできない部分がある。諦めのため息をついて、俺は背後に目をやった。疲れ果て、もはや喋《しゃべ》る気力すらない兵士たちがいる。

「お前ら、どうする?」

「……我々はキヴィア団長と、ともに戦って死ぬと決めた」

もっとも年少の兵士の一人が、よろめきながら立ち上がる。

「合流を、しなければ」

「やめとけ。もうただの足手まといだ。負傷したお前らを庇《かば》いながら戦わせるつもりか？」

俺はあえて強い言葉を使った。憎まれるのには慣れている。

「このまま南へ抜けろ」

別動隊を叩いた異形《フェアリー》は追い返した。あとは俺自身が囮になって、騎士団本隊との合流を目指す。

「森の南端に辿り着けば、俺たちを監督する部隊がいる。そうしたらベネティムってやつを殴っておいてくれ。俺はこれからお前らの指揮官に文句を言いに行く」

「……信じられない」

文句を言いに行く、という言葉の意味を、この若い兵士はちゃんと理解したようだ。

「本当に、我々の撤退を支援するのか」

「《女神》と契約しちまったからな」

兵士たちはみんな、俺の言葉にどういう感想を抱けばいいのか、混乱していたようだった。

それはそうだ。自分たちは助けられたが、相手は懲罰勇者で、しかも《女神》と勝手に契約した。

もうわけがわからないだろう。

（また、こんなことをやる羽目になるとは）

俺は大きく息を吸い、ドッタを振り返った。

「予定通り行くぞ。作戦続行だ」

「ザイロ……」

ドッタはすごく不安そうな顔をした。

「もう一回、一応聞いとくけど、本当に魔王を倒しに行くの？　正気？」

「正気だ。まずは聖騎士団と合流して、やつらの潰走を防ぐ。これしかねえよ、もう」

「まあ！」

真っ先に反応したのがテオリッタだった。彼女は手を叩いて喜んだ。

「さすが我が騎士！　そうでなくては。――なんという幸運でしょう。あなたこそ、まさに私の信奉者にふさわしい」

「ぼくは反対」

ドッタはやる気がなさそうに手をあげた。

「いくら《女神》様の力があっても、魔王を倒すのは話が違うじゃん。ザイロ、きみこそ勝手に戦いはじめた聖騎士団なんかのために死ぬのは嫌だろ――ほら、だって、きみは――」

「だからだよ」

ドッタの言いたいこともわかる。

俺はかつて聖騎士団だった。そこから追放されて、こうなった。聖騎士団――というよりも、彼らの背後にいる貴族のアホどもが大嫌いだ。中には俺を嵌《は》めてこんな目に遭わせたやつらもいるし、そいつらはいずれ叩き殺す予定がある。

ただ、

「俺だってやつらは好きじゃねえよ。でもな、それを理由に見捨てたなんて陰口を叩かれるのは最高にムカつくんだ」

「自意識過剰だと思うよ、陰口なんて言わせとけばいいんだよ」

「俺は我慢できねえ」

俺よりチンケな連中に、そんな器の小さいやつだと思われるのは耐えられない。

結局のところ、この悪癖のせいだろう。自覚は少しある。要するに俺は、舐《な》められるのが嫌いなんだ——だからここで、こんな罰を受けている。

「行くぞ」

俺はドッタを蹴りつけ、その場に突き立つ剣の一本を引き抜いた。

鋭利な刃。銀色に輝き、曇り一つない。さすが《女神》の召喚する剣だった。

「聖騎士団が壊滅したら俺たちもおしまいだ」

刑罰：クヴンジ森林撤退支援 4

俺たちが辿り着いたとき、すでに戦端は開かれていた。

夜の冷たい風にのって、たくさんの人間の怒号と、鬨《とき》の声《こえ》、それに稲妻の轟《とどろ》くような音が聞こえてくる。

「ああ……やってる。もう手遅れじゃないの？」

ドッタが憂鬱そうに言った。

聖騎士団の救出にあたり、こいつはまったく気が進まないようだ。パーセル川に沿った陣地では火が焚《た》かれ、煙が夜空に舞い上がっている。

火に照らされているのは、懐かしい白の甲冑《かっちゅう》だった。聖騎士たちだ。川を渡ってくる異形《フェアリー》たちを雷杖で射抜き、あるいは槍で迎え撃っている。射撃の号令で雷杖が閃光を放ち、異形《フェアリー》たちの体を吹き飛ばす。

ときおり轟音《ごうおん》を響かせているのは、歩兵用の雷杖よりもさらに威力の高い、設営型の大型杖だろう。たぶん、ヴァークル社開発の迫撃印群。

あれはもはや杖というより、破城槌《はじょうつい》に似ている。組み上げて使う代物で、『砲』と呼ばれていた。

聖印を刻んだ実体弾を投げる種類の兵器だ。連射ができず、聖印それ自体の蓄光量の限界から弾数も限られているが、異形《フェアリー》どもをまとめて吹き飛ばす威力はある。俺の聖印、デカい飴玉こと『ザッテ・フィンデ』よりも出力も射程も上だ。

要するに、おおむね彼らはよく持ちこたえているといえた。

防衛線は異形《フェアリー》どもを寄せ付けていない。なかなかに士気は高く、指揮官らしき人影の号令のもと、一斉に稲妻が放たれるのが見えた。破られかけた箇所の手当ても的確だ。

(知ってる顔は、当然いないか)

それに、翻っている青い旗にも知らない紋章が縫い付けられていた。

傾きのない大天秤《おおてんびん》の家紋。聖騎士団は、後援者である貴族の威光を示すために、隊によって掲げる紋が異なる。かつて第十二隊まで存在した聖騎士団が、それぞれどんな紋章を掲げているかくらいは俺も知っている。

そのどれにも当てはまらないということは、やはりこの部隊は新しい。俺の知らない貴族の支援を受けている。《女神》、テオリッタは十三番目の新しい《女神》なのだ。

いよいよまずいことをしてしまった、という気がする。が、それもすべてドッタが悪いということは言うまでもない。

「ザイロ、もういいんじゃない?」

と、やつは呑気《のんき》に言った。

「ぼくら抜きでも、聖騎士団は持ちこたえるかも。かなり頑張ってる」

「何を言っているのです。あなたには矜持《きょうじ》というものがないのですか！」

テオリッタはドッタに対して厳しく叱責する。

「窮地に陥った人々を助けるのは最大の名誉です。我々の従者なのですから、喜び勇んでついてきなさい！　そして勝利の栄光を分かち合うがいいでしょう！」

「勝利の栄光より、美味《おい》しい食べ物とかを分かち合いたいな……お金とか……」

「なんという……、呆れました！　我が騎士、この従者にちゃんと教育しているのですか？」

ここまでの行軍で、ドッタの息はあがっていたが、《女神》テオリッタは涼しい顔だ。このくらいの運動量で音をあげるなどありえない、とばかりに優雅な振る舞いをしている。

単なる強がりだ。華奢《きゃしゃ》な少女のような見た目から想像できないくらいには頑健だが、《女神》もしっかり疲労する。しかし、俺はそれを指摘するほどアホでもない。

「私、従者は厳選するべきだと思います。彼にはやる気も根性も足りません」

どうやらテオリッタはドッタを「従者」だと認識しているらしい。《女神》にはよくある。俺にはどういう回答もできない。

ただ、渡河地点の攻防に意識を集中させるだけだ。

ドッタの言う通り、聖騎士団は想像以上に善戦してはいる。が、いつまでも持つものではない。たったいまも、突出してきた異形《フェアリー》によって何人かの兵士が食いつかれ、悲鳴をあげていた。お互いの攻防は熾烈《しれつ》であり、流れる血のせいで渡河地点の水面が赤黒い。

「さっさと行くぞ。攻防が始まって、そこそこ時間が経《た》ってる」

俺はすでに足音を殺し、歩き出している。

「異形《フェアリー》どもは別方面からも迂回《うかい》してくるはずだ」

これは当然の戦い方だ。異形《フェアリー》どもは基本的にアホで、動物的な行動しかとれないが、やつらを支配する魔王は違う。たしかな知性があるし、戦術的に動く。

（もし、俺が魔王側だったら――）

渡河地点を抑えられて、正面突破では損害が大きすぎる。そういう場合、上流か下流の渡河地点へ迂回を考えるべきだ。別動隊を組織してそっち側に送る。普通はそういうことをする。

そして、聖騎士団にそれを抑える別動隊の戦力はすでにない。

さっき俺たちが遭遇し、壊滅していた部隊がそれだっただろう。あっちの迂回は俺たちが介入したことで失敗したが、兵力で圧倒している以上、別の渡河地点にも送り込んでいるはずだ。

結論として、急いで合流し、決定的な打開策をとる必要がある。

「それじゃ、ドッタ――」

名前を呼んだとき、気づいた。

まさか、と思う。この流れで、そういうことをするか？　正気か？

「テオリッタ。あいつは？」

「え？　あら……？」

テオリッタも驚いたように周囲を見回す。

姿がない。とんでもないやつだ。このタイミングで逃げるとは――いや、いつものことだ。それにしてもすさまじい逃げ足の速さ。感心するしかない。

それに何より、地面には布切れが一枚落ちている。

墨で文字が書いてある――『別動隊として、聖騎士団から金目のものを盗んでおきます』。呆れるという気分を通り越している。後で見つけたら殺そう。俺たち懲罰勇者が一切信用できないクズだという説を、真っ先に証明しやがった。

「あの従者の方、どちらへ？」

「……急用を思い出したんだろ。どうせたいして役には立たねえから、いいんだけど……それより、テオリッタ。これからあんたの力がいる」

「ええ」

彼女は目を炎の色に輝かせた。嬉しそうに。

「やはり最も頼れるのは、この私ですね。奇跡の力が必要なのでしょう？　感謝しなさい」

「……感謝してもいいが、やれるか？」

と、あえて俺が尋ねたのには理由がある。

《女神》も疲れるということだ。運動すれば限界が来るし、召喚の奇跡を使っても体力を消耗する。無限に呼べるわけではない。先ほどはあれだけの剣を召喚したのだ――相応に疲弊しているはずだった。

「無礼ですよ、我が騎士ザイロ」

彼女は事実、不機嫌そうに口を尖《とが》らせた。そういう表情は完全に子供だ。

「私は剣の《女神》、テオリッタ。人に奇跡をもたらす守護者です。求めるならば与えましょう。それこそが私の意味のすべてです」

（ふざけんなよ）

と、言いたい。俺は《女神》の、こういうところが嫌いだ。

本気で俺たち人間のために命を消費しつくすつもりでいる。そうやって命をかけるのは、ただ人間に褒めてもらうためだ。俺はそんなやつを見ていたくない。

「ですから、我が騎士。いくらでも私を頼りなさい」

テオリッタは誇らしげに言った。その態度を賞賛されたがっているのもわかった。お断りだ、と俺は思う。そうはいくか。

「《女神》にも限界があるのは知ってる」

俺は吐き捨てるように言った。

「死ぬまで戦うなんてことはするな。そんなことで俺は褒めない」

「なんですって？」

テオリッタが驚いたように言ったところで、そのときが来た。

強引な渡河攻撃。川沿いの聖騎士団の防衛力を、ついに異形《フェアリー》どもの物量が一時的に上回った。雷杖の射撃に怯まず突っ切ってきた異形《フェアリー》によって、防御柵が破壊される。どういう手を打つにしても、まずはあれを止めなければ。

「テオリッタ、剣を頼む。後ろから追ってこい」

「──ええ。我が騎士。いまの話、あなたには言いたいことがありますが」

俺が走り出すと、テオリッタは優雅に髪をかきあげた。

「勝利してからといたしましょう」

火花が散る。虚空が歪《ゆが》み、剣が呼び出される。無数の剣がどこか彼方から現れる。

今度は空から降るだけではなく、地面からも生えた。その一本の剣の柄につま先をかけ、ちょっとした踏み台の代わりにして、俺は勢いよく飛んだ。

空を飛ぶような、高い跳躍。

身の丈の三倍以上は、余裕をもって跳ぶことができる。これが俺に使用を許可された、もう一つの聖印だった。

こっちの製品名は『サカラ』という。飛翔印《ひしょういん》サカラ。古い王国の言葉で、トンボの一種を意味しているそうだ。機能は基本的な身体能力の強化──を、跳躍力に絞って効果を上げている。物理法則の影響を緩和して、ごく短時間ではあるが、飛行に近い跳躍を可能とする。

空中戦。

これが、俺に搭載されたベルクー種雷撃印群の主な設計思想だ。上空からの火力投射。飛行する種類の異形《フェアリー》への対処。そして、魔王現象そのもの、本体への機動攻撃。

難点は、この手の変則的な白兵戦には相応の訓練が必要になること。空中機動を行いながら、高速に、かつ的確な攻撃を実施できなければならない。俺はその専門家だった。たぶん、連合王国でほんの数人の専門家。

だからできる。空を飛びながら、テオリッタの呼び出した剣を掴む。振り下ろす動きで、今度は『ザッテ・フィンデ』――爆破の聖印を浸透させ、投げる。

狙いは川岸、浅瀬に蠢《うごめ》くフーアども。俺が外すわけもない。

爆破は群れの中心で起きる。フーアどもの肉が爆《は》ぜ、熱と光が閃《ひらめ》く。川面《かわも》が砕けて水しぶきをあげた。異形《フェアリー》の群れがたちまち混乱するのがわかる。俺はその只中に着地して、また別の剣を掴み、振るう。

俺が剣を使う場合、目的は斬撃ではない。『ザッテ・フィンデ』の聖印による爆撃を使う。

（数が多いな。まずは減らす）

袈裟《け さ》懸《が》けに一閃。刃の触れた部分が爆ぜ飛び、千切れる。

空から降ってくる無数の剣も、やつらを生かしてはおかない。真正面から向かってこようとしたフーアは串刺しになって、地面に縫い留められた。咄嗟《とっ さ》に回避を試みたやつは、味方とぶつかって体勢を崩す。あるいは転倒する。

俺は水を跳ね上げてそこに突っ込む。剣を叩きつけ、吹き飛ばす。

「テオリッタ！」

俺は次の剣を要求した。異形《フェアリー》どもの反撃がくる。ただの突進だ――後方のテオリッタを狙おうとする動き。呼び出される剣を空中で手に取る。即座に投げて、爆破。悲鳴、水蒸気。

（次だ）

体を旋回させながら、次の敵を。次の獲物を捕捉し、跳躍し、斬り進む。俺の動きに従って、水しぶきと血と肉片が混ざり合う。

（次）

重要なのは、動きを止めないこと。それがコツだ。

俺はフーアどもに向けて怒鳴った。それだけの余裕ができたということだ。呼吸を一つ。

「──どうした、おい！」

「これで終わりなら楽勝だな！」

背中を見せた一匹を斬り飛ばしたとき、気づけば周囲に敵はいない。退いていた。

これで聖騎士団の防衛線を食い破りかけていた、異形《フェアリー》の群れは完全に止まった。だいぶ派手な乱入になったと思う。その頃には、聖騎士団の連中も俺に気づいている。

俺と、《女神》テオリッタに。

当然、やつらもめちゃくちゃに困惑していた。俺なんて水と血と肉片で、全身がどろどろのずぶ濡《ぬ》れだ。

（こういうとき、声をかけておくべきなのは──）

俺は聖騎士団の中に、ひときわ白く磨かれた鎧《よろい》をまとう者を見た。賢そうな馬に乗り、旗手を従えた人物。たぶん、こいつが指揮官だ。

「──誰だ？」

指揮官らしき者は、とてつもない警戒心の滲《にじ》む声をあげた。

どうやら女だ。兜《かぶと》の面頬を跳ね上げると、はっきりわかった。黒髪と鋭い目つき。一昔前ならともかく、女の軍人というのは珍しくない。聖印によって身体能力を補えるからだ。こと軍事的な領域に限り、聖印の発展により男女の差異は減少しつつある。

「何者だ！　所属と名を名乗れ！」

と、指揮官の女は繰り返した。

睨む相手を貫くような目だ。その鋭い目がさまよい、俺の背後に控えるテオリッタに止まって、よりいっそう混乱の度合いを深めた。

「そ、……そちらにおわすのは、我らが《女神》ではないか！　なぜ目覚めている！」

そう叫びたくなる気持ちはわかる。俺が向こうの立場なら、もうわけがわからない。ただ、そんなことを説明している場合ではないし、説明したところで状況が変わるわけでもない。

いまはみんなの命がかかっている。

「気にするな」

俺は一言で切り捨て、また別の剣を地面から引き抜いた。

「わけのわからん状況だと思うが、それはぜんぶドッタのせいだ。歴史に名を刻むレベルのコソ泥だぜ、あいつは」

「待て。いや、待て。本当に。なんだ？　ドッタ？　い、意味がわからんぞ」

指揮官の女は俺の発言を止めようとする。

「説明しろ！　お前は何者で、何がどうなっている。なぜ《女神》が――」

「いまはたぶん、説明してる場合じゃない」

俺は川岸の向こうを、剣の先で示す。

いっそう黒々とした夜の闇が、そこにわだかまっている気がする。

「魔王が近づいてきてる」

「それはわかっている！　だが――」

「俺は勇者で、これから魔王を殺す」

この発言に、指揮官の女は沈黙した。本格的に状況の混乱が許容量を超えたのかもしれない。

「そういう仕事だ。いまから始める。死にたくなければ手を貸せ」

――世の中には言い方というものがある。らしい。最近、俺も勉強しはじめたところだが、さっぱり上達しない。

これのせいで、俺はいつも貧乏くじを引いている気がする。

指揮官の女は、名をキヴィアというらしかった。

本人が名乗ったわけではない。周りのやつがそう呼んでいる。家名なのだろうが、聞き覚えがない。強いて言えば旧北部王国にありそうな家名だ。生まれつきの貴族ではないのかもしれない。

ともあれ、いまは状況の手当てを急がなくてはならなかった。

遠目に見た応戦の規模からして、二千を超えるはずだった聖騎士団の数は、もはや一千ほどまで追い込まれているだろう。

「後退しろ。ここで持ちこたえるのは無理だ」

というのが、俺の第一の主張だった。

「そっちがよこした別動隊はほぼ壊滅だ。生き残りは逃がしてやったが、すぐに次が来るだろうよ。いまのうちに東へ抜けるしかねえぞ」

感謝されてもよさそうな情報だったが、キヴィアはとても不愉快そうな顔をした。不潔な害虫を見かけたときのような嫌悪を感じた。俺は構わず続けることにする。

「もうすぐ大型の異形《フェアリー》が出てくる。トロールか、バーグェスト」

あくまでも分類の便宜上の呼び方だ。

哺乳類をベースとした異形《フェアリー》で、二足歩行ならトロール、四足歩行ならバーグェスト。どちらも図体《ずうたい》がでかく、皮膚が装甲化していて分厚い。このあたりの川の深度なら、渡河中もそれほど弱みにならない。動きが鈍いので、いまはまだ前線に到達できていないだけだ。

で、ある以上は、渡河中を狙う利点はあまりない。防衛線を引き下げて、渡河後の敵に火力を集中させるようにした方がいい。むしろ相手に川を背負わせる。川を使って分断して、背水を強いる。

なぜこれが有効な「分断」になるかといえば、俺がいるからだ。

「こっち側に引き込んで、もう少し粘れ。そうすれば魔王現象の本体が叩ける。あっちも最前線に出てきてるからな」

あえて断定的に言った。

なぜそれがわかるかといえば、聖騎士団の別動隊を壊滅させていた異形《フェアリー》どもの速さだ。あのくらいの大群を、あの進軍速度で迂回させることができるのは、魔王現象の本体が指示している以外はありえない。だとすれば、相応に前進してきているはずだ。

「魔王は俺が片づける」

空中を移動して、魔王を暗殺するという意味だ。

いま、この異形《フェアリー》集団を瓦解させるには、その一手しかない。それまで聖騎士団には粘る戦いをしてもらう必要がある。魔王の周囲の異形《フェアリー》を、できるだけ誘い込んで減らしてもらいたかった。

「あんたらは、俺が飛び込むときの援護をやってくれ」

俺は真剣に頼み込んだ。だが――

「貴様が、なぜ指揮官のような口を利く」

俺の意見は、ものすごく不快な印象とともに受け取られたようだった。キヴィアの顔を見なくても声だけでわかるくらいだった。

「我らの方針は変わらない。やつらの渡河を阻止する」

キヴィアは呆れるほど真面目な顔で言った。

「死守だ。この川の東岸は、北方貴族連合の領土だ。いまだ人類の土地でもある。やつらに踏み荒らされるわけにはいかない」

「アホか」

俺は自分の声が大きくなるのを抑えられなかった。

「撤退命令が出てないのか？　俺たちはそれを支援するように言われたんだぞ」

「ガルトゥイルからの使者は、最終的な判断は指揮官に委ねると告げた」

ガルトゥイルというのは、もともとは連合王国における軍事的な部分を統括する庁舎の名だった。いまではガルトゥイル要塞と呼ばれる。それは事実上の司令部となっていた。

「ならば、名誉のためには命を惜しまない。我々は、すでに死を覚悟している」

「アホすぎる」

そんな感想しか出てこなかった。

俺たちが受けている命令と、明らかに矛盾している。理由は政治的な話だろう。ガルトゥイル要塞──軍部も、複数の貴族の出資で成り立っている。たとえば北方貴族連合。そういう連中の思惑が混じった結果、こんなめちゃくちゃな指示になったのかもしれない。

あるいは、単に俺たち懲罰勇者部隊なんてどうでもいいと思って、いい加減な命令を出しているのか。そっちもあり得る。

「てめえらの名誉なんて知るか。誰かが住んでる土地を守るならともかく、ここは開拓地でさえないんだぞ。付き合わされる部下や俺たちはどうなる？」

「……名誉こそ、重大な問題だ。我々は北部からの敗走を余儀なくされ、ここで撤退を命じられ、……それに……これ以上は、耐えられない。ここを我々の墓標としても構わない。最後まで戦い抜いてみせる……！」

違和感があった。

このキヴィアの強硬な態度はなんなのだろう。何か後ろめたいことがあって、その罪滅ぼしをするために、無理な戦いを挑もうとしているように思える。ほかの兵士たちも同じような、うんざりするほど悲愴《ひそう》な顔つきをしていた。なぜだ？

「我が部下は、みな私の方針に同意した。そして貴様たち勇者の末路など、知ったことではない」

忌々しげに、吐き捨てるようにキヴィアは言う。

「死にさえ値せぬ罪人どもめ！　だいたい、その《女神》様はどうしたことだ？」

キヴィアは槍の穂先を俺と、背後のテオリッタに向けた。

「なぜ目覚め、貴様が契約を交わしているのだ！　すでにそれがおかしいではないか？　わけがわからない。いや、本当にわからない！　我々は、《女神》様さえ無事ならそれでいいと思っていた！　我々が全滅するとしても、この戦場から必ず無事に送り届けようとしていたのだ！」

「それは返す言葉もねえよ、くそっ！　盗んだやつがいたんだ！」

「ぬ、ぬすっ」

キヴィアが目を瞬《しばたた》かせた。

「盗んだっ？　我らの警備をどうやって？　いや、それよりなぜだ――なぜそんなことを？　貴様ら人類の敵か？　何を考えている？」

「うるせえな、全部俺が知りたいくらいだ！」

だんだん、腹が立ってきた。なんで俺がこんなことを詰問されなければならないのか。いま、それどころではないだろう。

「いま謝って意味があるなら謝る！　けどな――」

たしかにこれについては全面的に俺たちが――ドッタが悪い。ただしそんなことを追及している状況では、絶対にない。

「ごちゃごちゃ言ってる場合じゃねえだろ。俺の案よりマシな作戦があるならそっちでもいいぜ、死守する以外でな！」

「なんだその口の利き方は。なぜ我々が勇者の指示で動く必要がある！」

「――黙りなさい、有象無象」

不意に、テオリッタが口を挟んだ。

冷たい鋼のような声だった。

「そ」

キヴィアは気の毒なほどうろたえた。

「そ、それは、私のこと――ですか？」

「ええ。ほかに誰が？　言っておきますが、我が騎士の指揮に口答えは不要です」

テオリッタは小柄ながら、全身から発する何らかの存在感が、キヴィアを圧倒しているように見えた。それは火花を散らす彼女の金髪のせいかもしれない。

「速やかに兵をまとめ、魔王と対峙《たいじ》しなさい。時間を無駄にすることは許されません」

「……いえ、お待ちください。《女神》様。この状況は何かの間違いです！　その男があなたの騎士となったのはまったくの事故！　本来なら――」

「《女神》に事故などありえません。私が騎士と認めたのです。これは運命」

切って落とすような言い方だった。

テオリッタには、まさしく《女神》らしい物言いも身についているらしい。それとも、こっちの方が本来の態度なのだろうか。

「あなたはいささか優しすぎますね、我が騎士ザイロ」

テオリッタは自慢げに俺を振り返った。

「この者たちに威を示して差し上げましょうか。指揮権を握るべきは、この私を戴《いただ》く騎士にほかならないということを！」

ふん、と、鼻が鳴った。明らかに期待しているのがわかる。背後の空間が歪んで見えた。本気で力を示そうとしていた。

「そうすれば、あなたも私を褒め讃えること間違いないですよね。……ですよね？」

「ま、待て。なんだ？　いま、妙な名前が――ザイロだと？」

キヴィアは俺の名前に引っかかったようだった。

これは良くない。王国内で、俺の名前はかなり有名だ。特に聖騎士団に所属しているような相手だと、確実に知っているだろう。

「あの……ザイロ・フォルバーツか！　勇者の中でも最悪ではないか。何を考えている！　この、《女神殺し》の大罪人――」

キヴィアの言葉は、途中でかき消された。

激しい騒音。無数の金属を力ずくで引き裂くような、そういう音が響き渡っていた。夜の闇の向こう。対岸からだ。

「遅かった」

俺は舌を打つ。無駄な問答に時間をかけすぎた。対岸にざわめく木々の奥から、それが姿を現していた。

まず突進してくるのは、大型の異形《フェアリー》ども。

象ほどもある四足歩行の狼《おおかみ》――あれはバーグェスト。二足歩行する黒い人影はトロールで、両腕が異様に大きい猿のようなやつだ。毛むくじゃらの体を躍らせ、川に飛び込み、突っ込んでくる。

そして、その連中の背後には、家屋のように巨大なゴキブリめいた生き物がいた。

多数ある脚を不器用に動かして、ゆっくりと這《は》い進《すす》む昆虫。キリキリと金属をこするような鳴き声を響かせている。その声が微妙に高低すると、異形《フェアリー》どもの群れの一部が左右に展開しはじめた。

どうやら、その鳴き声でこの軍勢に命令のようなものを与えているらしい。

報告に聞いている通りだった。あの馬鹿みたいにデカい虫こそが、この魔王現象の根源。一般に、これを魔王と呼ぶ。

四十七号、『オード・ゴギー』。

やつらは魔王現象の触媒となり、周囲を「汚染」しながら移動する。生態系が捻《ね》じ曲《ま》げられ、時には人間もそれに巻き込まれる。聖印による守りがなければ、相対することもできない。そしてやつらは、個体ごとに特別な力を持つ。

この『オード・ゴギー』の場合は――

「射撃停止！　魔王を狙うな！」

キヴィアが旗を振らせたが、少し遅い。

すでに何発かの雷杖と砲が火を噴いていた。狙いはまずまず正確。それがよくなかった。『オード・ゴギー』はいくつもの脚を振り上げ、それらの射撃を迎え撃っていた。

放たれた稲妻と砲弾は『オード・ゴギー』の脚に弾《はじ》かれ、反射し、返ってくる。

その返礼は、渡河する異形《フェアリー》を攻撃していた部隊に襲い掛かった。川岸の柵が焼け、人も吹き飛ぶ。

『オード・ゴギー』には傷一つついていない。

原理は知らないが、やつは聖印による攻撃を弾く。少なくとも、聖騎士団が持ち込んだ飛び道具はまるで効果がなかったらしい。それも戦術的に撃ち返してくるから、まともな戦いにならない。反射があまりにも攻撃的で正確なため、なんらかの力場のようなもので聖印が発生させる力を受け止めて反射しているのだ、という見解もある。

こうなると物理的に大きな質量をぶつけてみるしかないが、あの巨体に接近して、有効な攻撃ができる武器は少ない。それこそ本物の破城槌や、投石器のような兵器が必要だった。そういう古めかしい装備は、いままさに第一王都で準備中であると聞いている。

要するに、この魔王『オード・ゴギー』は、自らが堅固な要塞となって進軍してくる魔王だ。聖騎士団が大打撃を受け、ここまで撤退することになったのも当然といえる。

「無理か……！」

キヴィアは顔を歪めた。

「対岸にいる間に焦土印を試す！　工兵隊、準備を！」

「やめとけ。一か八かで使うものじゃない。通じなかったら全滅だ」

焦土印というのは、まさしく周囲一帯を何もかも吹き飛ばすための聖印だ。聖印の運び手となる数名と、その土地が犠牲になることを覚悟のうえで使う。せめて確実に通用する場面で使わなければ。あの聖印攻撃を弾く殻をどうにかしてからだ。

一応、キヴィアの意図はわかる。やつの戦略目標――川を挟んだこちら側の土地には、一歩たりとも踏み込ませない――せめて忠義立てするために、あらゆる手を使う。

そんな覚悟には付き合いきれない。俺は心底うんざりしている。この世には命を投げ出して何かしようとするやつが多すぎる。

「キヴィア、あんたの部隊で俺を援護しろ。雑魚を狙って魔王の気を散らせ。すぐにやれ」

「は、はあ？」

俺の発言に、キヴィアは怒りを通り越したらしい。彼女は裏返った声をあげ、目を丸くした。

「なぜ貴様が私に命令する？　懲罰勇者が、そんな――」

「生き延びるために決まってるだろ」

俺は断定的に言って、テオリッタの肩に触れた。

「俺は死ぬつもりがないし、お前らが死ぬのを見せられるなんて御免だ。命を使って何かしようなんて思うな」

これはキヴィアたちだけでなく、テオリッタにも言っている。

「魔王を暗殺してくる。うまくやって、生きて帰れたら――そうだな」

俺は約束することにする。

「どんな文句でも罰でも受けてやるし、いくらでも褒めてやる」

キヴィアはもはや殺意に近い目で俺を睨んだし、テオリッタは驚いたように――あるいは珍奇なものを見るように俺を見た。居たたまれない、と俺は思う。

なので、返答を聞く前にテオリッタを抱え上げ、跳躍した。かける言葉は一言。

「行くぞ」

対岸には闇が蠢いている。その只中へ突っ込むように、跳ねる。

我ながら、理屈に合わないことをしていると思う。

ただ、腹が立って仕方がない。たぶん俺の勝手な怒りだ。どいつもこいつも、名誉のためだとか、いい加減なことばかり言いやがって。

（アホじゃねえのか）

俺は心の中で毒づく。

それがどれだけ無意味なことか思い知らせてやろう。やつらを啞然《あぜん》とさせてやる。何が一番啞然とさせられるかといったら、それはもちろん、俺みたいなわけのわからんやつが魔王を倒すっていうことだろう。

（やってやる）

俺は川を飛び越える。

空は冷たい――風が強く感じる。眼下には異形《フェアリー》たちの群れ。あとは聖騎士。地面は敵だらけという言い方もできる。味方は一人。俺が抱える小さな《女神》テオリッタ。上等じゃないか。

「捕まれ。落ちるなよ」

「心配は無用です。不遜ですよ。むしろ私は、あなたたち人間を心配する側です」

さすがに《女神》テオリッタは強気だ。俺の首にしがみついてくる。

「ではザイロ、私の役目を果たすときですね？」

「いや。まだだ」

俺は即答した。

テオリッタに頼りすぎてはいけない。《女神》の機能には限界がある。召喚できる対象の限度というものが存在する。それを超えると、糸が切れるように《女神》は機能不全に陥る。

最悪の場合は死んで、もう二度と戻らない。

「ザイロ、私を甘く見てはいけません。まだまだこの程度で――」

と、テオリッタは主張するが、信用できるものではない。

彼女たち《女神》は強がる癖がある。人に頼られないと死んでしまうとでもいうように、とにかく弱みを見せたがらない。

(やっぱり、気に入らねえな)

俺は《女神》の疲労を量る方法を知っていた。

瞳の輝き。髪の毛から散る火花。それが強くなるほど、無理をしている証拠だ。いま、彼女を抱えていても、髪の毛の火花が止まっていなかった。目覚めたばかりだからか。それともテオリッタの《女神》としての体力の限界がそのくらいなのか。判別はできない。

「戦術は騎士に任せるのが《女神》ってもんだろ」

俺は強い口調で言った。自然とそうなった。

「ここぞってときに取っておけ。雑魚は俺がやる」

俺はあえてたいしたことでもなさそうに言った。そうだ、こんなの楽勝だ。

眼下には異形《フェアリー》が満ちている——中には空を跳ぶ異形《フェアリー》、俺に気づいたものもいる。数が多すぎる。普通は勝てない。普通ならばだ。俺なら余裕。そう思うことにする。

（機動戦闘の要点。一つ目、着地点を確保すること）

俺はベルトからナイフを引き抜き、着地点を見据える。

数匹の異形《フェアリー》が吠《ほ》えるような声をあげ、俺に対する警戒を促す。あれは『バーグェスト』。象のように巨大な狼ども。ただ、自然の狼よりも毛皮がずっと分厚く、角質化して棘《とげ》のようになっている個所《かしょ》もある。

（ちょうどいい相手だ）

ベルクー種雷撃印群の仮想敵の一つは、まさにあの手の地上の大型目標だ。

反撃も許さず、ああいうのを一方的に破壊する。この作業には威力と精度が求められる。よって俺はナイフを強く握りしめ、聖印を十分に浸透させると、投擲することでそれを解放した。

時間差の起爆。

もちろん俺がそのタイミングを間違えるはずがない。完璧。バーグェストの一匹に刃が突き刺さり、光と轟音が弾ける。肉片が飛び散り、その衝撃は周囲の異形《フェアリー》たちを巻き添えにした。

「なかなか見事です。ではザイロ、次は私が——」

「まだだ」

（機動戦闘、要点二つ目……）

身に染みついた戦い方を思い出す。

（動きを止めない。相手の死角へ回る）

着地と同時、俺は前へ跳んだ。今度は低く。つま先で土を削りそうになるくらいの低高度。その分だけ距離も長くなる。

それに地を這うように跳べば、トロールやバーグェストの足元をすり抜けることができる。すれ違いざまにナイフを打ち込む。やつらがその図体で首を巡らせるより、爆破の方が速い。

肉が爆ぜる。

「ザイロ。次こそは、私の役目では？」

「まだだ」

俺はまた高く跳ぶ。ナイフを投擲――群がってきた小型の異形《フェアリー》どもを吹き飛ばし、樹木を蹴って、また頭上を越える。

（まだ。動きを止めるな……止まったら囲まれるぞ。気合を入れろ）

爆破。閃光、跳躍。

たちまち魔王との距離が詰まってくる。砕けた土と泥、異形《フェアリー》たちの死骸で塗装された経路ができる。魔王現象『オード・ゴギー』は、間近で見るとますます巨大だ。何か得体の知れない力が、その非常識な巨体を維持している。

やつは馬鹿みたいにデカい複眼で俺を視《み》た。

「これが、魔王」

テオリッタの緊張が伝わってくる。その体がこわばるのがわかった。

そして、テオリッタは俺がそれに気づいたことに気づいた。

「恐怖しているわけではありませんよ！」

テオリッタは怒ったように早口で言った。

「魔王を討つことこそ、《女神》の本懐。高揚しているだけです。なので、いまこそ私の役目を――」

「まだだ。もう少し」

「まだですか？　先ほどから何度も待たせすぎではありませんか？」

「もう少しだって。俺を信じろ」

接近者に気づいた『オード・ゴギー』は、無数にあると思える脚の何本かを伸ばしてくる。そいつでハエみたいな俺を叩き落とそうとする。

絶対にそうやってくると思った。こっちはすでに回避動作に入っている。

（一度だけなら、たぶん……うまくやれる）

樹《き》を蹴って、跳躍。

鎌みたいな前脚の一撃をかわす。『オード・ゴギー』の頭上を飛び越えながら、残り少なくなったナイフを投擲する。

狙ったのは、脚の付け根――殻の継ぎ目だった。空中機動からの精密な投擲戦技。針の穴を通すような曲芸じみた芸当だが、これができるから俺は聖騎士団長をやっていた。

「どうだ」

と、思わず叫んだ。

俺の放ったナイフの刃は、正確に『オード・ゴギー』の甲殻の隙間へ突き刺さった。

閃光と爆音。果たして、成果はあった。聖印による爆破は殻の継ぎ目に対し、決定的な損害を与えていた。腕は振り回した勢いで千切れ跳び、体液が飛ぶ。

一瞬遅れて、鉄を引き裂くような『オード・ゴギー』の悲鳴が響き渡った。

「一本千切れただけで大げさだな」

これで証明できた。こいつが硬いのは殻だけだ。隙間を狙えば破壊は可能――ただし、この証明の代償はタダでは済まない。

『オード・ゴギー』の悲鳴に応じて、異形《フェアリー》どもが動いた。

明白に俺を捕らえようとする動きだ。着地点で捕まえようとする。フーアどもがカエルの四肢を使って飛び跳ねる。これは面倒だ――ナイフの数にも限りがあるし、『オード・ゴギー』も次は警戒するだろう。二度目はそう簡単に通じない。

普通なら、ここで引くべきところだ。

ただ、普通にやっていたら勝てないのはわかっているし、こっちには《女神》がいる。普通じゃない手を使うべきだ。

「ザイロ、囲まれます。私の出番はまだですか？　そろそろいいのではないですか？」

「ああ――」

俺は着地しながら、捕まえようとしてきたフーアの一匹にナイフを打ち込んだ。刃が肉に沈み込んで、相手を破裂させる。

「ここだ、テオリッタ」

俺は再び樹に飛びつき、魔王を指差す。それと、明白な敵意をもってこちらに殺到してくる異形《フェアリー》どもを。

「魔王までの道を開けてくれ。盛大に頼む」

「……ええ！」

ふん、と鼻を鳴らし、テオリッタの瞳が燃えた。

「刮目《かつもく》して御覧なさい！」

虚空から、大量の剣が生じた。

今度は一振りが大きい。儀式でしか使わないような、非実用的ともいえる大剣だった。バーグェストでもトロールでも、関係なく刺し殺すことができるような肉厚の刀身。銀色に輝く刃は流星雨のように降り注ぐ。異形《フェアリー》どもを串刺しにして、魔王までの道を作り出す。

「あと一度」

俺は即座に跳躍する。テオリッタを強く抱え、イメージを伝える。

「……特別な剣を頼む。できるんだろう？」

「不遜ですね」

テオリッタは全身から火花を散らしていた——抱えている俺が、痛みを感じるほどだ。

「私は《女神》ですよ、我が騎士。ただ敬虔《けいけん》に祈りなさい」

魔王との距離があっという間に詰まる。

やつは多数の脚を素早く動かした。その複眼が、今度は明確に俺を狙っていた。いくつもの脚が振り回されて、空中でこちらを捕らえようとする。

（これも、やっぱり一度だけなら）

一度目に、ナイフでの仕掛けを見せた。何が脅威なのかやつにはわかっている。攻撃力はあるが、致命的なものには程遠く、これで阻止できるとも思うはずだ。

事実、俺だけならそうだった。

「どうぞ」

と、テオリッタが言った瞬間、また虚空に剣が生まれるのを見た。

いままでよりもずっと長い剣――それはまるで「槍」のようだった。もはや剣とは呼べないかもしれない。俺はそいつを摑み、肩がはずれるほどの衝撃を感じながら、聖印を浸透させた。

そして、蹴飛ばす。

全力で蹴った。

飛翔印サカラによって莫大《ばくだい》な運動の力が与えられ、巨大な剣が飛ぶ。攻城用の弩にも匹敵するような、質量と速度の一撃だった。

（王都では、破城槌や投石器が準備されている）

そういう原始的な兵器が『オード・ゴギー』に通用することを、軍部は摑んでいるに違いない。ガルトゥイル要塞のやつらは政治ゲームで遊ぶ悪癖があるが、決して無能ではない。特に自分たちの命がかかっている場合には。

だとすれば、この攻撃は効くはずだ。効かなきゃ打つ手がない。

結果はすぐにわかった。

俺が蹴り込んだ槍のような剣は、『オード・ゴギー』の脚を何本か吹き飛ばした。刃が食い込み、へし折って切断する。そのまま切っ先は『オード・ゴギー』の胴体に突き刺さる。破壊的な力。殻が砕けるのがわかった。

それと同時に、閃光が走る。

空気が毀《こわ》れるような轟音がそれに続く。魔王の体内から、『ザッテ・フィンデ』が起動していた。貫いた殻を内側から吹き飛ばし、肉が爆ぜて、どろりと粘つく体液が飛び散る。

俺は自分の――自分とテオリッタが引き起こした破壊の成果を見た。

(上出来だ)

と思えた。『オード・ゴギー』の胴体には、ごっそりと抉《えぐ》り取《と》られたような傷痕が生じていた。そこから体液が溢れ続けている。

「よし、テオリッタ。これで――」

と、俺は言いかけた。

その瞬間だった。

ごしゃっ、と、湿った音が聞こえた。

『オード・ゴギー』の方から。破壊された胴体が蠢いていた。そこから何かが生えてくる。とんでもない速度で伸びてきた――新たな腕？　あるいはクラゲみたいな触手か？　二本か三本。

どっちでもいい。このとき脳裏に浮かんだことは一つだけだ。

「そりゃ反則だろ」

ほとんど発作的にやってしまったことがある。テオリッタを抱えて、『オード・ゴギー』に背を向けた。どう考えても馬鹿げていた。

テオリッタにやるなって言ったことを俺がやっている。命を捨てるような真似《まね》をした。

あとはまあ――衝撃。

たぶん簡単に吹っ飛ばされたんだろう。視界が瞬き、束の間だけ暗転して、何かにぶつかったことを知る。幸いにもデカい樹だった。トロールやバーグェストじゃない。

ただ、これは無理かもな、と感じた。

いまので魔王を仕留められなかったのだ。同じ手は通じないだろうし、やつはどくどくと体液を流しながらも、徐々にその傷口を塞ごうとしている。

「ザイロ！」

テオリッタが叫んだ。

それにしても痛い。夜空が見えた。

それに激痛で叫ぶ魔王――ざまぁ見ろ。魔王からの命令が一時的に途絶え、親を見失った雛鳥《ひなどり》のように、混乱して走り回る異形《フェアリー》ども。興奮して殺し合いを始めてるやつもいる。

「……我が騎士！　こちらを見なさい！」

名前を呼ばれた。テオリッタ――眩しいくらいに瞳が輝いている。炎の色だろうか？

それと、あと一つ。

幻覚であればいいと思った。そのくらい、それはあまりにも異様かつ滑稽で、見たくもないものだった。

(……なんだこれ)

「……あー……ザイロ？」

そいつは俺を困ったように覗き込んでいた。

史上最悪のコソ泥、ドッタ・ルズラス。あいつの薄汚い顔を、いまここで見る羽目になるとは。

「何やってんの、こんなところで」

お前にだけは言われたくないと思った。

しかもやつは子供が入りそうなデカさの樽《たる》を背負っていた。そこに書かれている文字を見て、俺は驚愕《きょうがく》した――『ヴァークル社』『取扱注意』『リーヌリッツ第七号兵装』――そして『焦土印』。

「ドッタ」

俺は笑ってしまった。笑いながら体を起こす。

全身が痛んだが、そんなことを気にしている場合じゃない。ドッタの胸倉を掴んで、逃げないように押さえつける。

「また盗んだな？」

「これは違うんだ。忍び込んだぼくの目の前に、ちょうど置いてあったから――」

「よくやった。あとで殺すのは勘弁してやる」

それからのことは、別に語るほどのことではない。焦土印は、言ってしまえば聖印を刻んだ木片の集合体だ。その樽自体が、木片を組み合わせた兵器なのだ。

こんなものを盗んで剝《む》き出《だ》しで持ち歩いていたドッタは度を超えたアホだ。樽を構成する「安全装置」の木片を、何本か引き抜いて起動する。引き抜く数量で威力を制御し、爆破半径を絞ることができる。俺の知っている製品と同じ型で幸いだった。

すでに殻を破壊された手負いの魔王相手なら、最低限の爆破でよかった。このあたり一帯を更地にする必要はない。

俺はその樽を思い切り蹴飛ばし、そして同時に跳んだ。ついでにドッタも抱えてやったのは、せめてものサービスだった。着地と同時にやつを殴り倒したのは言うまでもない。

地面を抉り、森の一角に閃いた爆発を、俺たちは間近で聞いた。

このようにして、俺たちは魔王『オード・ゴギー』を撃滅し、聖騎士団の撤退支援を完遂した。

――もちろん、語るべき問題はその後のことだった。

刑罰：クヴンジ森林撤退支援 顛末

盛大な爆発が終わると、一瞬の静寂があった。

それから、すぐに騒音。

異形《フェアリー》どもが狂乱していた。魔王が死んだからだ――統率者を失い、群れとして止めようのない壊滅に陥りつつあった。魔王現象の核を失えば、異形《フェアリー》はこうなる。

（初めてじゃない）

俺も魔王を仕留めたことは何度かある。

だが、ここまでバカバカしい結末は初めてだ。

（俺も反省した方がいいな）

自分の方もまた、この《女神》や聖騎士団と大差のない、真面目くさったアホと同類だった。

（ドッタを見ろ）

もっと唖然とする手口で、やつは魔王を討伐するやり方を示して見せた。

笑ってしまいそうだった。いま、そのドッタは白目を剝いて気絶している。俺が殴って鼻を砕いたあと、地面に叩きつけたからだ。

（すげえ疲れた）

俺はその場に座り込んで深呼吸を繰り返した。そんな俺を見下ろすやつがいる。そいつは夜の闇の中でも輝いていた。火花を発して、燃える目で勝ち誇っていた。

「我が騎士」

と、《女神》テオリッタは言った。

胸を張り、満面の笑みのはずだが、どこか不安そうな声だった。

「魔王を討ちました。この私の偉大な恩寵《おんちょう》、……よもや不服と申すのではないでしょうね？」

「そんなもんねえよ」

返す言葉もない。

「では、我が騎士」

軽く咳払《せきばら》いをして、テオリッタは俺の前に正座した。居住まいを正す、という感じだ。これからさも大事な儀式を行うというように。

「いつでも構いませんよ」

彼女は手で金色の髪の毛を梳《す》いた。

「そろそろ私を褒める時間ではありませんか？」

「ああ。わかった」

「早く。躊躇《ためら》う必要はないでしょう。ほら早く。準備できていますよ」

「わかったから――」

死ぬほど疲れていたので、俺はゆっくり手を伸ばした。《女神》に対する報酬は、たった一つだけあればいい。そういうところはすごく歪《いびつ》に思えるし、罪悪感も覚える。

しかし彼女たちがそれを必要としているのなら、俺にどんな文句が言えるだろう？

だから、俺は奥歯を嚙みしめながらそれに応えた。

「よくやったよ」

テオリッタの金色の髪を撫でた。

そうすると火花が散って、指先に刺すような痛みがあった。たいしたものではない。耐えるべきだ。今夜、テオリッタにしてもらったこと、俺たちがテオリッタにしてしまったことに比べれば、些細《ささい》な問題だ。

「ふふん」

テオリッタは俺に頭を撫でさせながら、鼻を鳴らした。

「もっと勢いよく撫でなさい。褒めの言葉も忘れずに」

「よく生きてたな」

「……変わった褒め方をしますね」

彼女は不思議そうに俺を見上げた。

「生きているだけで褒めるとは」

「それだけで十分偉いよ。本当はな。アホどもはいい加減なことばっかり言うけど」

信じられない、という顔をされた。そうかもしれない。《女神》というのはそういうものだ。

「そんな《女神》が許されますか？」

「許されるって、お前……」

テオリッタは不安そうな顔をしていた。あるいは困惑するような。なんだろう、と俺は思う。なぜ、こんな顔をするのだろう。

「いや、知らねえよ。他人が決めることか？」

「……そうですか」

テオリッタはわずかにうつむいた。

「そんなことを――私は」

顔が曇った気がする。何かを思い出している？　だが、何を？　俺は尋ねそびれた。次に顔を上げたときには、その影は消えていたからだ。

「では――それなら、ザイロ――あなたの言うことが正しければ！　生還したうえに魔王を討ち果たした私は、さらにものすごく偉大ということですね？」

テオリッタは《女神》というより、子供のように笑った。

「もっと褒めることを許可します」

「助かったよ。偉大な《女神》だ。頭を撫でることすら恐れ多いな」

仕方がないので、俺はもっと強く彼女の頭を撫でた。

「あんたはたぶん、人類の救世主になるだろうな」

「もっとです」

テオリッタの口元がむずむずと動いた。これはもっと褒めなければ収まりがつかないだろう。

「……最高の《女神》だ。偉大さで目が眩しい」

「まだまだ」

「……まだか？　テオリッタは偉い。すごい。こんなに尊い存在は、世界広しといえど――」

「ザイロ・フォルバーツ」

テオリッタは物足りなそうだったが、俺はそこで手を止めざるをえなかった。

名前を呼ばれた。本当は、馬蹄《ばてい》の音も聞こえていた。どうでもよかったので気にしていなかっただけだ。

「貴様がやったのか」

聖騎士団の白い鎧。真剣そのものの顔。キヴィアと、数名の聖騎士が、馬上から俺たちを見下ろしていた。

「そうだよ」

俺は認めた。

「魔王を倒しといてやった」

「だから認めろ、とでも言うつもりか？」

ものすごく不愉快そうな声だった。下手をすると、この場で俺を叩き殺すつもりなのかもしれないし、それは無理な話ではない。

いまここで勇者みたいな大悪党を殺害したところで、それは備品を一つ壊してしまったという程

度にすぎない。勇者も備品も、また修理して使えばいい。聖騎士団の長にはその権限がある。

（それに、この女には怒る資格もある）

本来なら、彼女――キヴィアが《女神》と契約を交わしているはずだっただろう。《女神》と騎士の契約は、必ず一対一で結ばれる。

この契約を破棄する方法は二つ。

《女神》と聖騎士が双方から契約の破棄を宣言するか。あるいは、《女神》が死ぬか。どちらかだ。

「我らから《女神》を盗み、焦土印さえ奪って、独断で魔王を討伐した」

「何も」

俺は即答した。ほかに何も言えなかった。

「――あの」

テオリッタは厳かに口を開いた。

「先ほどから気になっていたのですが、私を『盗んだ』とはいったい――どういうことですか？」

「《女神》テオリッタ。あなたは本来、我々第十三聖騎士団が……保護する予定、でした」

キヴィアは苦しげに言った。

泣きそうにも見えた。とても言いにくそうなことを、口にしているようだった。それとも、嘘を？　なぜだ？　だいたい、なぜテオリッタを――最強の切り札である《女神》を使わず、眠らせていたのだろう。ここで全滅するまで戦おうとしたことといい、妙な点が多い連中だ。

「それを、そこの懲罰勇者が盗み出し、独断であなたと契約を交わしたのです――ザイロ・フォルバーツ！　その悪党が！」

「そうですか」

声を荒らげたキヴィアに対し、テオリッタの声は冷静だった。それも強がりだったのかもしれないが、とにかく俺が驚くほど落ち着いていた。

「ならば、それが運命だったのでしょう」

テオリッタは微笑んでさえいた。

なぜだろう。俺にはよくわからない。普通はもっと混乱するのではないか？　俺の方が混乱させられている。キヴィアも驚いたらしく、口を半開きにしていた。

「私は、ザイロ・フォルバーツを我が騎士として信じます。彼こそは、すべての魔王を討ち果たす者。我が恩寵を受けるにふさわしい騎士です」

俺は思わず顔をしかめたと思う。俺は、そこまでの信頼を受けるに値する人間ではない。それは確実なことだ。

なぜなら――

「しかし、《女神》よ」

キヴィアはどこまでも冷酷な目で俺を睨んでいた。

「あなたは、その男の罪状をご存じないのです」

「どのような罪が？」

「女神殺し」

キヴィアは呪うように言った。

「かつて聖騎士だったその男は、契約を交わした《女神》をその手で殺害したのです」

それは事実だ。

だから、俺は何も言わなかった。たしかに覚えている。《女神》の心臓をナイフで貫いた感触も、そのまま息絶えた《女神》の瞳の炎も、俺の手を焼くほど強く散った火花も、すべてだ。

忘れるはずはない。

◆

このとき、クヴンジ森林で起きたことは、これがすべてだ。

この後、俺たち懲罰勇者部隊には、すぐさま次の任務が下っている。

それは、ドッタや俺の愚行を少しでも清算させようという代物で、当然のようにロクでもない仕事だった。

内容は、引き続き第十三聖騎士団の支援任務。

魔王化した地中構造体への突入支援——つまり、ダンジョン攻略のための人柱である。

なお、ドッタ・ルズラスは原因不明の事故によりほぼ全身の骨を骨折し、修理場へ送られたことだけは、ここに記しておく。

王国裁判記録　ザイロ・フォルバーツ

ザイロ・フォルバーツ。

連合王国第五聖騎士団、団長。

――誰かがそういう風に、俺の肩書を読み上げた。

気が滅《め》入《い》るほど冷徹な声だった。そこから続く長々しい呪文のような前置きも、俺は半分上の空で聞いていた。そうしなければ、いますぐ誰かを叩き殺してしまいそうだったからだ。

「では、被告者ザイロ・フォルバーツ」

誰かがまた俺の名を呼んでいた。

聴罪官だ。聴罪官は、王国裁判における議長であり、最高責任者でもある。連合王国の王族が務めるという決まりの役職だ。五つある王家のどこから選ばれたのかは知らないが、それなりに高貴な家の出なのだろう。

なぜなら、これは史上初の《女神殺し》の裁判だからだ。

「――ザイロ・フォルバーツ。お前は自らの聖騎士団を率い、事件当日の前夜より、魔王現象十一号に接近した」

そう続けた聴罪官の顔は見えない。俺と聴罪官、そして居並ぶ審問委員たちとの間を、薄いベールが遮っている。

これが連合王国の裁判制度だ。

もともと連合王国は、かつてだいたい五つくらいあった国家が統合されて成立した。その際、各国の制度を取り入れてこの形に落ち着いたという。

「そして、夜明け前。お前たちは《女神》セネルヴァを伴って交戦に入った。この報告に間違いはないな？」

断定的な言い方ではあったが、尋ねられた。

そのとき俺は全身を鎖で縛られ、ほとんど獣のように拘束されていたが、口枷《くちかせ》だけは外されていた。だから、自分に起きたことを証言するための、ここが最後の機会だと思っていた――とんだ間抜けだった。

「その報告に間違いない」

俺は正直に答えた。

「俺は魔王現象十一号と戦った。きつかったよ、何しろ予定されてた援軍が来なかったんだからな」

「被告者は質問にだけ答えよ」

聴罪官は俺の言葉を遮った。不快げな響きがそこにあった。

「事実確認を続ける。配下の聖騎士と《女神》を伴い、独断で交戦に及んだ被告者は、その戦闘で壊滅的な損害を生じさせた。この報告に間違いは――」

「ある」

俺ははっきりと言った。

「独断じゃない。命令があった」

「ガルトゥイル要塞は、命令を下していない。そのような記録はない」

「それは嘘だな」

俺にはそう断言することができた。

早馬を飛ばしてやってきた伝令は、正規の命令書を携えていた。あれは刻まれた聖印によって証明される、ガルトゥイル司令部からの命令書だった。

「友軍が孤立して、救出を必要としているって話だった。だから急行したんだ。命令書によれば、ユトブ方面7110歩兵隊ってやつらが――」

「そのような部隊は存在しない」

聴罪官は唸るように言った。あるいは威圧するような響きがあった。

「お前は独断で、功を焦り、無謀な戦いを配下と《女神》に強いた」

「違う。俺は」

「以前から、お前の部隊には独断的な行動が目立った。いまの身分を得るため、相応の違反行為に手を染めていたとも聞いている」

聴罪官が、何に対して不快感を抱いているのか、俺はそのときようやくわかった。俺の存在そのものが不快なのか？

「戦場なんだ。現場での判断が必要なこともあるし、その権限もあった」

「連合王家より与えられた権限だ。お前はそれを履き違えたな。何より、お前は、最後には――」

口にすることさえおぞましい、というように、聴罪官は一瞬だけ言葉を切った。

「《女神》セネルヴァを殺害した。これも、間違いはないな」

「間違いない」

俺が答えると、ざわめきが走った。

ベールの向こうだ。何人も居並ぶ審問委員たちが、互いに言葉を交わしあうのがわかった。

「だが、ほかに方法がなかったからだ。救出を指示された部隊は存在しなかったし、合流してくるはずの援軍も来なかった。俺たちは孤立して――」

「来るはずがない。そもそもそのような命令は存在しないし、お前の独断だったからだ」

「違う！」

俺が怒鳴ると、審問委員たちはさらに騒がしくなった。

「セネルヴァは――《女神》は限界だったんだ。力を使い果たしていた。俺たちに褒められるために、命をかけて戦う羽目になった」

「お前の責任だな。私欲によって交戦したのだ」

「セネルヴァは、助けた部隊からさぞ感謝されるはずだと思っていた」

もう俺は聴罪官の言葉を無視していた。どうでもよかった。

それよりも、あのときのことを伝えなければならないと思った――セネルヴァのために。あいつが命と引き換えに、何を守ろうとしたのか。

「《女神》が力を失うと、どうなるか知ってるやつがいるのか？　衰弱して、無防備になるんだ。魔王現象に侵食される」

「そのような事象は報告されていない。その可能性も神殿により否定されている」

「馬鹿か。神殿のやつらが、そんなもん認めるわけないだろ」

理由はわかる。神殿のやつらには教義がある。

《女神》は完全でなければならない。その教義を前提に考えれば、認めるわけにはいかない事実なのだと思う。だが、軍部は――現実に魔王現象と戦う兵隊たちは、それを考慮する必要がある。

このとき、俺が期待していたのも軍だった。軍部ならば、俺の証言がどれだけ脅威になるものか、検討できると思っていた。いままで試したこともないし、それを口に出すことすら許されなかった、瀕死《ひんし》となった《女神》に関する事実。

これは今後の《女神》運用について、重大な変化をもたらすはずだった。

「いいから、俺の話を聞けよ！　魔王現象に侵食された《女神》ほど危険な存在はいない」

女神の力を振るう魔王が誕生する可能性すらあった。それだけは避けなければならなかった。

「セネルヴァはそれをわかっていたんだ。侵食が始まっていた、だから、俺は」

「聴罪官」

と、審問委員の誰かが声をあげた。

どこか穏やかで、しかしよく通る声だった。俺はその声を覚えている。鼓膜に焼き付けるようにして、忘れていない。

「被告者は、神聖なる《女神》を冒瀆《ぼうとく》する発言を繰り返しています。すでに重要な事項に関する事実確認は完了しました。……以後は、発言を禁止するべきかと」

「そのようですね」

審問委員の言葉に、聴罪官はさも重苦しげにうなずいた。

そのやり取りでわかったことがある。この法廷で起きることは、最初から決まっていた。芝居の舞台のようなものにすぎない。いまさら気づくとは遅すぎた。

「待てよ。聞いた方がいい！」

両側から衛兵に体を摑まれながら、俺は声を張り上げた。

「こいつはヤバイことになってるぞ。どんな得があるか知らないけどな！　神殿にも軍にも、こんな茶番を仕組むようなやつが上にいるってことだ」

両肩を摑まれ、床に叩き付けられる。かなり強い。頭が朦朧《もうろう》とした。

「俺なんか相手にしてる場合じゃない、一刻も早くそいつらを見つけ出して――」

それからまた衝撃。また意識が飛びそうになった。口に枷が押し付けられてくる。頭を振って拒否しようとすると、また殴られた。

「見つけ出して……」

俺と、俺の聖騎士団、そしてセネルヴァを嵌めたやつら。

「絶対に殺してやるからな」

「――なんですって？」

◆

「あ？」

いきなり、頭上から声をかけられた。

空から？　違う。俺が寝転がっているだけだ――いかにも粗末な、囚人用の寝台に。

瞬きをして、周りを見回す。狭い部屋。鉄格子。窓のない石壁。

どこからどう見ても牢獄《ろうごく》だ。俺にあてがわれた部屋。勇者部隊が使用を許されるのは、おおむねこういう部屋ばかりだ。

「何か、夢でも見ていましたか？」

俺を見下ろしているのは、こんな部屋には似つかわしくない金色の髪の少女だった。

つまり《女神》テオリッタ。偉そうに胸を張って、腕組みまでしている。

「ベネティムという軟弱そうな男から、あなたを起こしてくるように言われました。感謝し、褒め讃えなさい」

「そうか。そいつは偉いな、ご苦労さん」

俺は横になったまま言った。

「すぐに行くってベネティムに伝えてくれ」

「それはできません。目を離すともう一度眠るでしょう」

「そうだよ」

「正直は美徳ですが、正直ならばいいという問題ではありません！　それに、起こしに来て差し上げた私をもっとしっかりと褒めなさい！」

「ああ」

俺は唸った。まったく気の進まない話だった。

ベネティムが招集しているということは、次の任務が始まるのだろう。おそらく、これからすぐにでも。ドッタの全身の骨を折ったのはやりすぎだった——今度はもっと面倒な連中と組まされることになる。

すでにその気配は伝わってくる。廊下のはるか向こうで、怒鳴り声が聞こえるからだ。テオリッタは、眉をひそめてそちらを振り返る。

「ザイロ。先ほどから聞こえる、あの怒鳴り声はなんなのですか？」

「あれは陛下だな」

あくび混じりに答えた俺に、テオリッタは困惑したようだった。

「それはどのような意味ですか？」

「そのまんまだ。自称・陛下。自分のことを国王だと確信してる、元・テロリスト。うちの部隊の工兵だ」

「はあ……？」

まだ不可解な顔をしているテオリッタをよそに、俺は起き上がる。

やるべきことがあるからだ。ちくしょう。我ながら反吐《へど》が出そうになる。とはいえこれをやらなければ、一日中この《女神》はうるさい。

「行くか。……よく起こしてくれた、《女神》テオリッタ」

「ふふん」

テオリッタは撫でられる準備のように、金色の髪を手で梳いた。

「そうでしょう！」

やや乱暴に撫でると、髪は乱れるが、彼女はこれ以上ないというほどの笑みを浮かべる。

夢のせいか――今朝は、その顔が苦痛に感じた。

作戦命令：ゼワン＝ガン攻略任務概要

【命令書／第一類ソルダ符／〇一三六〇〇一九号】

~~■宛：第十三聖騎士団　パトーシェ・キヴィア団長~~

~~■令：護送任務は継続。戦闘は可能な限り回避し、予定日時までに女神十三号をガルトゥイルへ送り届ける事を命ず。また懲罰勇者の使用は、隊員の損傷の回復まで一時禁止とする。~~

~~■承認者：北部第四方面総督　エブラス・ヘルク~~

――右記指令は撤回。

■宛：第十三聖騎士団　パトーシェ・キヴィア団長

■令：護送任務は中断。新たにゼワン＝ガン坑道攻略任務を命ず。また、女神十三号および懲罰勇者部隊は第十三聖騎士団の管理下に置き、制圧支援に使用する事。

■承認者：北部第四方面総督　臨時代行　シムリード・コルマディノ

■指令撤回事由：右記承認者の背任容疑、および死亡による方針再検討

刑罰：ゼワン＝ガン坑道制圧先導 1

ゼワン＝ガン坑道が開かれたのは、近年になってからのことだ。

魔王現象との戦いが本格化する中で鉱脈が見つかり、急速に採掘が進められた。

目的は、聖印の触媒に加工するための鉱石の採掘にある。一時は付近に町が作られ、製鉄所が稼働し、神殿の刻印工房まで建てられていた。良質な鉄に刻んだ聖印は、蓄光量が多く、高い効果が期待できるからだ。

聖印とは、神殿曰《いわ》く、神々が人類に与えた叡智《えいち》――らしい。

物体に刻みつけられた聖印は、太陽の光を動力源に、人間の意志と生命力を火種にして起動する。その効果は様々だ。熱を発し、稲妻を放ち、大地を砕く。そうした数々の恩恵を求め、人類はこの聖印という技術を発達させてきた。特に軍事の面での進歩は凄《すさ》まじい。

よって、聖印を刻みつけるための資材は常に需要がある。ゼワン＝ガンもその一つだった。この坑道を拡張するため、ヴァークル開拓公社も多額の出資を行ったと聞いている。聖印を使った掘削装置が設置され、昼も夜もなく採掘が行われたという。

――その坑道が異形化《フェアリー》したのは、皮肉な話といえばそうなのかもしれない。

土地が魔王現象に侵食される、という事態は、かなり初期から報告されていた。生き物と同じように、無機物も魔王現象に影響されることはある。通路は変化し、土塊はひとりでに動き出して、生息する生物は異形《フェアリー》と化す。

当然、そこに踏み込む人間もただでは済まない。

ゼワン＝ガン坑道の異変が報告されたのは、一か月ほど前だったか。坑道に入った人間が帰ってこない。それどころか異形《フェアリー》化した姿で発見され、無差別に人を襲いはじめた。殺された人間もまた異形《フェアリー》化し、連鎖した。何らかの魔王現象の主――魔王がそこに住み着いたことは明確だった。

そのためすでに周辺の町は放棄され、いま、俺たちは掘削装置もなく素手で穴を掘る羽目になっている。スコップを振るい、土に突き刺す。俺たちはずっとそれを繰り返している。

（ヘタをすると、これは自分たちの墓穴かもしれない）

という冗談でもない軽口は、いまはやめておいた。組まされた相手がそういう話題に乗ってくるような種類の人間ではないからだ。

「急げ」

と、その相手は背後から声をかけてくる。やつは真面目だが、口数は多い。

「この調子では予定の時間までに終わらんぞ！　もっと真剣に掘削せよ！」

これを怒鳴っている男の名は、ノルガユ・センリッジ。図体のでかい金の髭面《ひげづら》の男で、見た目だけは偉そうに見える。

通称は陛下。

なぜそんな名前で呼んでいるのか——というより呼ばざるをえないかといえば、やつは自分をこの連合王国の国王だと思い込んでいるからだ。

それも真剣に。

当然、そんなやつが社会との折り合いをつけられるはずがなく、王城を「簒奪《さんだつ》」したやつらを相手に大規模なテロ行為を起こした。誰にとっても不幸だったのは、このノルガユという男に信じがたいほどの聖印調律の才能があったことだろう。

聖印を刻むという作業は、建築に喩《たと》えられる。

たった一本の柱のわずかな歪みが、建てようとする家全体の強度を大きく左右することにもなる。それと同じだ。聖印を形作るたった一本の曲線のズレが、全体の精度と出力を大きく変える。兵器に使うような聖印の調律は、普通ならば設計図を用意して数人がかりでやる職人芸なのだ。

ノルガユは、それをたった一人でこなしてしまう。はっきり言って常軌を逸している。結果としてノルガユのテロ行為は、軍隊と王城に多大な死傷者を発生させたという。それから王国裁判を経て、いまに至る。

つまり、懲罰勇者９００４隊の一人だ。

ノルガユはいま、でかい木箱を玉座のようにして座り、手元で彫刻刀を動かしている。

細長い鉄の板に聖印を刻んでいるのだ。これから使う発破用の聖印。これはやつにしかできない仕事であり、こういう作業分担にするしかないのはたしかだが、なんだか腹が立つ。

「ザイロよ。聖騎士団の突入は明朝を予定している。終わらぬ場合は、夜を徹した作業を命ずることなる」

ノルガユは厳かに言った。

「励め。成果次第では、再びお前を聖騎士に任命することを考慮しよう」

やつの頭の中では、完全に自分が国王なのだ。どういう整理がついているか知らないが、最前線で指揮をとる、偉大な国王だと考えている。

魔王と戦う勇者を、自ら率いる王――そりゃたしかにすごい。伝説にある建国王みたいじゃないか。そしてノルガユ陛下が言うように、急がなければならないというのも、その通りではある。

第十三聖騎士団は、この坑道を制圧するつもりだ。

短期的な作戦が計画されている。俺たちは命を消費してでもそれを成功させなければならない。

そこでいま、俺たちがやらされているのは、直通経路の掘削だ。異形化《フェアリー》したゼワン＝ガン坑道は、かつての地図が役に立たなくなるほど歪んでしまっている。

土地全体が異形化《フェアリー》し、危険な迷宮のようになっているのだ。よって、ショートカットのための通路が必要だった。入り口から、より深部へ突入するための通路を、掘削と発破によって作成する。

そのルート工作が、手始めに命じられた任務だった。

ただ、ノルガユ陛下の頭の中では少し違う。最前線で率先して勇者どもを指揮し、聖騎士団の突入を命じたという事実ができあがっているのだろう。

「もっと気合を入れろ！　その程度の掘削では、我が聖印といえども破壊は難しいぞ。起動すれば生き埋めになりかねん」

と、ノルガユ陛下は俺がやる気になるようなことを言ってくれる。ちくしょう。

「それともお前は自ら犠牲になってでも道を開きたいのか？　急ぎ掘り進め！」

「俺たちはもう十分急いでるよ、陛下」

気づけば、俺は口答えしてしまっていた。

「昨日からほとんど休憩なしでやってるんだぜ。――なあ、タツヤ？」

土と石と砂利とをかき出し、俺は傍らの相棒に声をかけた。

もちろん答えは返ってこない。

「……ぐ」

という呻き声が漏れただけだ。

スコップを動かす手も止まらない。ただ機械的に土をかき出し続けている。極端な猫背――うつろな表情。頭には錆《さ》びた兜。失われた後頭部から、頭の中身がこぼれないようにしている。

こいつも勇者だ。

ちゃんとした名前は俺も知らないが、タツヤと呼ばれている。誰よりも長く勇者部隊に所属している、よくわからない男だ。罪状も不明。

見てわかる通り、自我や思考力といったものが存在しない。死にすぎたせい、というより生き返りすぎたせいだ。蘇生するたびに勇者は色々なものを失う。いまでは、タツヤは言葉を話すこともできない。ただ外界の刺激に反応して呻き声をあげるだけに見える。

これも刑罰の一環ということだ。

以上、今回の任務に従事する――というより、従事可能な勇者は三名。

ノルガユ陛下、タツヤ、俺。こいつは大変なメンバーだ。ドッタは俺が全身の骨を折って修理場送りにしておいたから、やつの悪癖だけは心配しなくていい。

そして、勇者以外ではもう一人。

「苦労しているようですね、ザイロ」

ノルガユの傍ら、所在なげに木箱に座っている少女。

こんな地下にあっても、金色の髪もまばゆい《女神》テオリッタ。彼女はスコップを片手に持ってはいるが、何の作業もしていない。

たぶん、そのことが苦痛なのだろう。さきほどからしきりに掘削を手伝おうとしてくる。

「私と交代してはいかがです？　元気が有り余っているのですが？」

「駄目だ」

俺はすぐ否定した。テオリッタの体力は、こんな作業に消費していいものではない。手を借りるなら、戦闘のために使わなければ。ここはかなり浅い層とはいえ、坑道の一部だ。魔王現象に影響された異形《フェアリー》にいつ襲われるともわからない。

「そこで寝てろ。体力温存しててくれ」

「しかし、我が騎士。ずいぶんと消耗しているように見えます」

やはりテオリッタは反発した。

「ここは《女神》に頼るのも、庇護《ひご》されるべき人の道ですよ。……だいたい、私はまだ何もしていません。このままでは褒めてもらえないではないですか」

「何もしないで座っててくれれば褒めてやるよ」

「それはぜんぜん褒められるべきことではないと思います。何か役に立たなければ」

「いいから」

俺は声が刺々《とげとげ》しくなるのを感じた。疲労のせいもある。

「そこで大人しくしてろ、頼むから」

「……我が騎士がそう言うのなら」

「ノルガユ陛下、《女神》様がこっちを手伝わないように見ててくれ」

「無論だ」

ノルガユは厳かにうなずいた。

「《女神》こそは民を守る護国の要。このような作業で御手を煩わすわけにはいかぬ。……ご容赦を賜りたい」

誰に対してもクソ偉そうなノルガユだが、テオリッタに対しては姿勢が低い。

これも改めて発見した事実だ。今後、テオリッタにはノルガユの制御を期待できるとの見解を、ベネティムのやつも示した。

「むう」

と、テオリッタは唇を嚙んだ。不満の意思表示だ。

「承りました。あなたの言う通り、いまは人の営みを見守るとしましょう」

「そうしてくれ」

俺は全身に蓄積した疲労感に耐えかねて、せめて腰を伸ばそうとした。荒い息をついて振り返る。

そのとき、予想外の顔が見えた。

「――ザイロ・フォルバーツ」

キヴィアだった。

第十三聖騎士団の長。《女神》テオリッタの本来の契約者。

前に見たときとは違う、歩兵用の具足で身を固めている。そして、この世の何と戦っているのかわからないが、相変わらず鋭い目つき。その背後には、ぞろぞろと手下の兵士どもを連れていた。

「どうやら、作業は真面目に遂行しているようだな」

「そりゃそうだろ」

俺は反射的に答えた。

「真面目にやらなきゃ死ぬからな」

「……そうか」

意図の読めない顔で、キヴィアは視線を動かした。《女神》テオリッタに移す。

「《女神》様。このようなところにいるより、我らの陣営で休息なさってはいかがですか？」

「何度もしつこいですよ、キヴィア」

テオリッタは尊大に手を振った。

「私が良《い》いと言っているのです。我が騎士の働きを見守らねば。《女神》ですから」

「ですが――」

「パトーシェ・キヴィア。《女神》を案ずるお前の忠心、大儀である！」

いきなり、ノルガユが声を張り上げた。

その声だけはいつも大物っぽく聞こえる。というより、キヴィアはそういう名前だったのか――ノルガユも記憶していたとは恐れ入る。

「しかし！　《女神》は我らとの最前線にて、戦いの観覧をご所望だ。必ずや加護があるであろう」

キヴィアが唖然としているうちに、ノルガユは言葉を続けていた。とんでもない野郎だ。

「よって、王としてお前の訴えは退ける。戻るがよい。そして己の役目を果たせ」

「……おい。ザイロ・フォルバーツ。この男はいったい……」

「適当にうなずいてくれ。異議を挟んでもろくなことにならないから」

「勇者刑の蘇生による影響なのか？　記憶か認識に混濁が――」

「もともとだ」

「そうか……」

キヴィアはもっと驚いたような顔をしたが、あまり気にしないことにしたようだ。咳払いをして、俺を睨むように見る。

「ともあれ、予定通りに作業は進行しているな。……少し意外だ。監督していなければ、何をするかわからない部隊という話を聞いているが」

「まあな。何をするかわかんねえのは、この前のドッタだ。ふざけてるよな」

「……その件《けん》だが」

言いかけて、キヴィアは言葉を切った。なんだか言いにくそうだった。

「なんだよ、どうした？　この前の件の文句ならいくら言ってくれてもいいが、俺にはどうしようもないぜ」

「いや。そうではなく」

キヴィアは視線をさまよわせ、そしてまた俺を睨む。

「悪かった」

「あ？　何が？」

「……以前、貴様を糾弾したのは誤りだったと判明した。ドッタ・ルズラスが窃盗のうえ、我々の聖騎士団の別動隊を救うため、やむを得ない状況でテオリッタ様との契約を結んだと聞いた」

「まあ、そうだけど」

悪かった、と言われるのは何か変だろうと思った。

別にこの女は悪いことはしていない。戦術的にも戦略的にも間違っていたのは確実だが、それが悪事かというと、そういうわけでもない。物事の良《よ》し悪《あ》しを決めるのは裁判だ。

——その点、俺やドッタは極悪といっていいだろう。

「その点は明確にして、謝罪しておくべきだと思った。お前は力を尽くし、魔王を倒した。最小限の被害で。あのとき私はその点を理解していなかった」

「そりゃまあめちゃくちゃ怒ってたからな。気持ちはよくわかる」

「あれはドッタ・ルズラスへの怒りだったということにしてくれ。というより、なぜあのとき貴様はそういう説明をしなかったのだ」

「言ったら信じてたか？　そんな暇もなかったし、これから戦うってときは怒ってるくらいがちょうどいい、そう思うだろ」

これに対して、キヴィアは不服そうに口を引き結んだ。

「……共に戦う仲間となる以上、次からはしっかり明確に説明しろ」

「懲罰勇者に、仲間とはな。もしかして度を超えたお人好《ひとよ》しか？　ついでにこの作戦をもう少し楽にしてくれると助かるんだが」

「調子に乗るな」

「食事の配給に酒も追加してくれ」

「その物言い。貴様というやつは——、もういい。とにかく任務だ。くだらん雑談をする暇はない。貴様らにここから先の作業工程も伝えに来た。いいか、ここからまっすぐ掘り進んだあとは、この地図の通り」

キヴィアは俺の眼前で、大きな紙を広げてみせた。

それを見て、俺は思わず何度か瞬きをした。酔っぱらったヘビが踊っているような線と、高度に抽象的な図形があちこちに散乱している。そういう図だった。これを地図だと言ったのか？

「北へと道を繋《つな》いでほしい。トロッコ軌道まで貫通すれば、あとはこの作業員駐屯所を目印に」

「待て、おい。この……、これは部屋？　とするとこれが扉か、もしかして」

「そうだが」

キヴィアは眉をひそめた。

「何か疑問があるのか？」

彼女の背後で、部下の兵士たちが首を振ったり肩をすくめたりしているのが見えた。俺にも言いたいことが伝わってくる。つまりこの女は、自分の地図の壊滅的な欠陥に気づいていないのだ。

「この隅っこに描いてある犬みたいなのはなんだ」

「犬ではなくトロッコだ。見ればわかるだろう」

「……そうか」

俺はノルガユを振り返った。自分の感覚がおかしいのかという疑念が湧いたためだ——が、この男も俺と似たような顔をしていた。

「陛下、この地図どう思う？」

「ふむ。中期古典の美相主義ヴェンクマイヤー派の抽象画かと思ったが、違うようだな」

「これはたぶん人間だよな？　壁に埋まって苦しんでる人間」

「余には蛇に食われている馬に見える。それが複数描かれているのが謎だが」

「……それは設営予定の前線基地だ！　これはテントでこれは設置型のランタン、鍋、物資保管庫、鍵付きの扉、それにおまけのネズミだ！　何を言っている馬鹿め。ふざけている場合か？」

俺たちの真面目な意見に、理不尽にもキヴィアは激昂《げきこう》した。そして救いを求めるようにテオリッタにもその地図を掲げてみせる。

「テオリッタ様ならば、わかっていただけるでしょう。人の描いた地図で遊んでいるこの二人を厳しく叱責していただきたい」

「え……」

テオリッタは口ごもった。

「あの、壁画の模写……ではなく、地図なのですよね？　難解すぎませんか？」

「ほら。普通わかんねえってさ」

「待て、その前に『おまけのネズミ』とはどういう意味だ？　余はそこが気になる」

「……ふ、ふふ」

俺たちの発言を受けて、キヴィアは顔を引きつらせた。笑ったようにも見えた。なんてしぶとい精神力を持った女だ。

「テオリッタ様にはおわかりにならないかもしれませんが、これは芸術作品ではありませんから。そう。軍事的な資料なので、最低限伝わればいいのです」

「はあ。そうなのですか」

「違う。その最低限が伝わってねえんだよ――おい。後ろの手下ども、団長だからってあんまり甘やかすなよ。指揮官がこれだと、いずれ深刻な問題が起きるぞ」

「なんだと貴様」

不穏な目つきをしたキヴィアに、素早くお供の兵士たちが反応した。

「お、落ち着いてください、キヴィア団長。あれは懲罰勇者どもの戯言《たわごと》です」

「そうです、目的は果たしました！　戻りましょう！」

「しかし！　これでは諸君ら聖騎士団の長、代表としての面目が……」

キヴィアはまだ何か言いたそうだったが、兵士たちに宥《なだ》められて、結局は引き上げていくことになる。俺を睨んだ眼光の鋭さは気になるが、これで己の画力を見つめ直してくれることを祈ろう。

後でもうちょいまともな地図をもらうとして、俺たちにはまだまだたくさん仕事がある。

「休憩、終わりにするか」

「むうっ、そうだ。休んでいる暇などないぞ！」

と、ノルガユは言った。

「掘削を再開しろ。遅れた分を取り戻せ。ザイロはタツヤを見習え、無駄口を叩かずに作業し続けているぞ！」

ノルガユはまったく、炭鉱の現場監督のようではないか。

俺はため息をつき、作業を再開した。

(しかし、妙な任務だ)

と、思わざるをえない。

単に俺たちがこうして重労働していることへの不満、というだけではない。この坑道への対処自体が、どうも腑《ふ》に落ちないことだ。

鉱山が異形化《フェアリー》し、もう放棄するしかないのなら、基本的には放っておけばいい。

土地をダンジョン化させた魔王現象の主は、そこから出てこようとしない傾向がある。これから攻勢をかけるならば無視できない拠点となるだろうが、クヴンジ森林を放棄し、間もなく訪れる冬に備えて守りに入ろうとする中でやることじゃない。

残る可能性で、俺に思いつくのは一つしかない——そう。

俺を嵌めてセネルヴァを殺させた連中がでっちあげた任務、ということだ。貴族どもか軍部か神殿か知らないが、確実にそういう勢力は存在する。でなければ、あの裁判であんな無茶苦茶な展開がまかりとおるはずがない。存在しない部隊も捏造《ねつぞう》できない。

だとすれば、やつらの目的はなにか。

俺への嫌がらせだけじゃないとすれば、あるいは《女神》テオリッタを殺そうとしている？

（どうもキナ臭い話になってきた）

結局、予定が完了したのはその日の夜遅くのことだった。

飛び出していったタツヤが、ごつい戦斧《せんぷ》を猛然と振り回した。

尋常な速度ではない。よくもまああんな巨大な斧《おの》やら荷物やらを抱えながら、この瞬発力が出せるものだ。

「ぐぐ」

と、タツヤの喉の奥から唸り声が漏れた。

斧が瞬く間に旋回し、暗闇の奥で肉と骨を粉砕する音が響く。異形《フェアリー》が暴れる。

「ぐぁ」

獣のようにタツヤが跳ねる。

やつは両手で扱うようなデカい戦斧を、包丁のように軽々と振るう。どこか陰惨な残光とともに、刃が異形《フェアリー》どもを破壊していく。

俺はといえば、後ろからナイフを一本投げただけだ。それで十分だった。死角からタツヤを狙っていた異形《フェアリー》を小さな爆破で仕留める。このような閉鎖空間では、『ザッテ・フィンデ』の聖印による爆破も慎重にやらなければならない。加減を間違うと大変な目に遭う。

その暗がりに潜んでいた異形《フェアリー》は、全部で六匹——いや、俺が仕留めたやつを合わせて七匹か。

巨大なムカデ型の異形《フェアリー》で、よく見るやつだ。こういう多脚で地中に潜む種類の異形《フェアリー》は、まとめて『ボガート』と呼んでいる。蜘蛛《くも》や昆虫型もみんな一括《ひとくく》りだ。

タツヤはそいつらをまとめて、有無を言わさず叩き潰す。そうして動くものがいなくなると、ぴたりと動きを止める。傍目《はため》には呆然《ぼうぜん》と立ち尽くしているようにも見える。

「俺が援護する必要ねえな、こいつは」

俺は停止したタツヤの背中を見ながら、そういう感想を述べた。

「見たか、陛下？　ボガートの殻を肘で叩き割りやがった」

いつものことだが、タツヤの白兵戦闘能力は人間離れしている。聖印を使えば俺も負けないと思うが、このくらい低い天井の閉鎖空間だと、ちょっと工夫が必要かもしれない。

「よかろう。さすがは我が精鋭」

ノルガユ陛下は満足げにうなずいた。

片手に提げたカンテラに触れ、そこに刻まれた聖印をなぞる——すると光が強くなり、周囲を照らした。

聖印式のカンテラだが、ノルガユによって調律されたものは、なかなか機能が多彩だ。通信機や調理器具としても使えるという。こういう代物も、普通は数人がかりで設計と彫刻を分担して作る。ノルガユはそれを一人で仕上げるのだから普通ではない。

「見事な戦いぶりよ。何か褒美をとらせねばならんな」

「しかし、働きづめだぜ。そろそろ休ませた方がいいんじゃねえのか」

タツヤについて、わかっていることが一つある。疲労を知らないかのような運動力を発揮するが、それはやつに自我とか思考力が存在しないためだ。働かせすぎると限界が来て急激に倒れる。

「うむ。頃合いだな。場所も良い」

ノルガユ陛下は頭上を見上げた。

ここまで進行してきた坑道の中でも、かなり開けた空間だった。おおよそ三十人くらいは休めそうな大広間に見える。

何に使われていた場所なのだろう。掘削用の設備は残っているが、ほとんど原形もわからないほど歪んでねじれてしまっている。あるいは、この空間自体も異形《フェアリー》化のせいで意味不明な拡張を遂げたのだろうか。

「ここを前線基地とするぞ！　ザイロ、設営を開始せよ！」

「……了解」

俺はうなずき、引きずっていた橇《そり》から物資を下ろしていく。

軍用の橇で、なかなかの重さがある。ノルガユによって聖印を刻まれた、さまざまな機材を運んでいたものだ。

前線基地の設営。そいつが俺たち懲罰勇者隊に任された、第二の仕事だった。

迷宮と化した坑道を、第十三聖騎士団は異形《フェアリー》どもを狩りながら深く潜ることになっている。安全な休息をとるために、前線基地は必要だった。

そしてタツヤはこのような作業にはまったく向いておらず、ノルガユには肉体労働をするつもりがない。こんな「工兵」を俺は見たことがないが、まあやむを得ない。ノルガユは脅迫には屈しないし、殺しても働かない。

仕方がないので、俺はまず支柱となる杭《くい》を引っ張り出し、できるだけ等間隔に配置しはじめる。これも聖印が刻まれており、縄を使って張り巡らせれば、近づく異形《フェアリー》に対する防壁となってくれる。

「ザイロ！」

弾むような声で、残る仲間の一人――テオリッタが支柱を摑んでいる。

「私の出番ですよね？　ね？　任せてください！　この棒はどこに立てればいいのですか？　いくらでも立てますよ！」

「落ち着け」

俺はまた一本、支柱を地面に突き刺し、テオリッタを制止した。本来なら、彼女には手伝わせるべきではないのだろう。こんなことに《女神》の体力を費やすのは馬鹿げている。

ただ、もう限界だった。テオリッタは無断で働きはじめかねない。

「このくらいの距離で頼む」

俺は大股に三歩くらいの距離を歩いて、そこにも支柱を突き立てる。

「できるか？」

「ふんっ。この《女神》テオリッタに、不遜な問いかけですね！」

彼女は嬉しそうに鼻を鳴らした。そうして俺の立てた支柱から、跳ねるように三歩を数えた。勢いよく支柱を突き刺す。

「……このように！　任せておくがいいでしょう。我が騎士、あなたは休んでいなさい。私がすべて支柱を立てます。終わったら、たっぷりと労《ねぎら》うのですよ」

「そうだな」

さらに一本、俺は支柱を設置しながらうなずく。このくらいは軽い運動の範疇《はんちゅう》だ。柱はテオリッタに任せて、こっちも雑用を終わらせておこう。太陽の光をため込んだ蓄光槽を地面に下ろす。

「頼んだ、《女神》様」

「はい！」

とてつもなく朗らかで明るい返事が聞こえた。まるで子供だ――しばしば子供は「手伝い」と名の付くものを、なんでもやりたがるものだ。

だから、見ていると苛立《いらだ》つ。テオリッタに対してではない。彼女を作った誰かに対してだ。

（……本当は）

俺は苛立つ気持ちを抑えつけ、考える。

（テオリッタには、本人が満足いくまで手伝ってもらうべきなんだろうな。それが《女神》の運用としては正しい）

そもそも、女神とはそういう風に生み出された存在だ。『人間から褒められるためにいる』と、少なくとも彼女たちは考えている。そうである以上は、その気持ちを尊重するべきではないだろうか――などと言うやつもいるし、別に否定したいわけじゃない。

俺はただ《女神》のそういう態度を見ていると、イラついて仕方がないだけだ。

たぶん、テオリッタにはその気分が伝わっているのだろう。それでもテオリッタはやめようとしない。そうしなければ存在する意味がないとでもいうように働く。

（勝手にしろ）

割り切るしかないとわかっている。ただ腹が立つからという理由が通る場所でも、状況でもない。ただ手と足を動かせばいい。そのうち何かが終わるだろう――間違いなく。

やるべきことは、それこそいくらでもあった。

前線基地はその日のうちに二か所は設置する必要があったし、それに加えて補給物資の用意もしなければならない。武器や防具は戦闘によって摩耗し、食料と医療品も消耗する。それらを攻略部隊に補給するため、俺たちのような先行部隊が保護容器を作り、ルートに配備することになる。

保護容器に求められるのは、頑丈すぎず、防衛機構が面倒すぎないこと。それに尽きる。異形《フェアリー》に簡単に見つかって破壊されるようでは意味がないため、近づいたり触れたりすれば作動する罠《わな》はちゃんと仕掛けておく必要がある。しかしその罠が過剰であれば、今度は人間の攻略部隊が苦労するし、それで被害が出ては本末転倒だ。

よって、俺はノルガユを監督する必要があった。たとえば一つ目の物資の配置。

「うむ」

と、やつは自作した保護容器を坑道の行き止まりに設置し、満足そうにうなずいた。

「我ながら見事な出来よ。ここまで辿り着いた勇士に対し、抜群の報酬を確約できるだろう」

「わ」

テオリッタはその保護容器の方に大いに興味を示した。

表面を鉄で補強した箱で、白色の光反射塗料が塗られていて暗闇の中でもよく目立つ。蓄光ガラスを使った装飾も派手だ。果たしてそこまでする必要があるかというぐらいだった。

「すごいですね！　ノルガユ、近くで見てもいいですか？」

「お待ちを、《女神》。備えのない接近は危険であるゆえ。……このように」

ノルガユは保護容器の近くに石を転がす——その瞬間に鋭い槍が何本も地面から突き出して、おまけに容器本体の鍵穴は激しい炎を噴出させた。青白く冴《さ》えた色の炎だった。

「はぇっ？　いまのは？」

テオリッタは頓狂な声をあげてのけぞったし、俺も嫌な予感がした。

「おう。いま、なにかすごいのが出た気がするんだが」

「いかにも、余の自信作である。不用意な接近者は串刺しとなり、石をも溶かす炎で焼かれることになろう。殺戮《さつりく》処刑装置、名付けて『ゾリンヴルコーフ』。愚者の審判という意味だ」

「……で、その罠、解除するには？」

「よくぞ尋ねた！　これは難解だぞ。慎重に石を転がしてたしかめれば、攻撃を誘発する地面とそうでない地面があるのがわかるだろう。だがそれこそが囮で、容器本体に触れた瞬間、その愚か者は裁きの炎に焼かれるのだ！　これを回避するには、別の場所に隠されたこの鍵を使って——」

「わかった、いますぐ撤去しよう。タツヤはノルガユを押さえろ。その鍵を取り上げる」

「なっ、なんだと？　なぜだ！　無礼だぞ！」

「攻略部隊を全滅させたいのか、お前は」

ノルガユは信じられない腕前の聖印調律技師だが、こういうときはそれが悪い方向に働く。結果的に用意した罠は八割方使い物にならず、最低限のものだけ残すことにした。

――このようにしてあちこちに物資を配備して回ると、あっという間に一日が終わる。最低限の目標である二つ目の前線基地を設営した時点で、俺たちは食事をとることにした。

炊事用の設備は、ノルガユが地面に聖印を刻んで即席に拵《こしら》えた。

「いかがですか、我が騎士」

と、テオリッタは鍋を片手に胸を張った。

「私も料理を習得しました。感謝して食べなさい」

料理とはいっても、ものすごく簡単なものだ。

ここは戦場だし、俺たちはその中でも最底辺に位置する懲罰勇者でもある。与えられる食糧なんて高が知れている。特にドッタがいないとき、ベネティムが前線に出てきていないときは、粗末な食事を覚悟しなければならない。やつらは軍のものを盗んだり、横領したりするのが得意だ。

この日は、野菜と肉の切れ端だった。それらを炒《いた》めて塩を振り、携行している調味液を垂らして、糯米《もちごめ》で包む。後はチーズを一欠片《ひとかけら》添える。俺が教えた通りにテオリッタは炊事を完遂していた。

「これでは腹が膨れんな。前線の兵士を疎《おろそ》かにするとは」

そういう適当な料理を食べながら、ノルガユ陛下が立腹しているようだった。

「改善せねばならんな。兵糧の問題は深刻だ。財政大臣はどこにいる？」

「そりゃまあ王宮だろうな」

「追及せねばならん！　予算は正しく分配されているのか？　最前線の兵糧がこれでは、士気を保つことができんぞ」

「賛成だ。この作戦が終わったらな」

ノルガユの妄言を真に受けていたらキリがない。ヘタをするとこっちも陛下の妄想に取り込まれかねないので、ほどほどにしておくのがコツだ。

タツヤはその点が完璧で、一切反応することなく糯米を咀嚼《そしゃく》している。

「作戦の進行状況はどうなのですか、ザイロ？　なかなか順調ではありませんか？」

テオリッタも自作の「料理」を口にしながら、嬉しそうに言った。

こんな地の底で、こんな粗末なものを食べながら、なぜ彼女はこんなに嬉しそうなのか。まるで遠足にでも来ているようだ。

「魔王現象の主は、もうかなり近いのでは？」

「まあ……たぶんな」

俺はここまでの地図を頭に思い描く。あのキヴィアの前衛芸術のような図面ではなく、ちゃんとした地図を。

「この調子なら、明日にでも最深部に到達するんじゃないか」

「簡単ですね」

ふん、と、《女神》テオリッタは鼻を鳴らした。

「この私の恩寵あればこそ、といっていいでしょう。……そうですよね？　聖騎士団の者たちもきっと私たちに感謝しますよね？」

「うまくいけば、少しは感謝されるかもな。魔王を倒すのはあいつらだけど」

「その点についてですが、我が騎士」

テオリッタは声を低めた。その瞳が燃えている。

「私たちで魔王を倒してしまうというのはいかがでしょう？　私の加護と、我が騎士と仲間たちの力があれば、不可能ではないのでは！」

「やりたくないし、そもそも命令違反だな」

「しかしですね。……やはり《女神》として実績と威光を発揮しておかなければ、と……」

「駄目だ」

これ以上の命令違反で、ひどい目に遭いたくない。

「魔王を倒したかったら、あいつ――キヴィアの方についておけばよかったんだよ」

「え」

「あっちが本隊だからな」

テオリッタも俺から離れては《女神》本来の能力を発揮できないとはいえ、そういう選択肢もありえた。

ただ、彼女を戦力として遊ばせておく余裕はないという状況でもある。両方の可能性を天秤にかけ、そして――第十三聖騎士団の軍事責任者であるキヴィアは、《女神》の意思を尊重する判断をした。神殿からの出向神官もいた手前、妥当な判断ではある。

「なんでこっちについてきたんだ？」

「……どういう意味ですか」

テオリッタは不機嫌そうな顔をした。瞳の炎が強くなった。

「あなたたちには、私が不要ですか？」

「そういうことは言ってない」

そのとき、気づいた。テオリッタのその表情は、不機嫌ではなく不安を意味している。声が少し震えたことでわかった。

「そりゃ同行してくれたのはありがたいが」

「でしょう！　そうでしょう！」

俺の説明を最後まで聞かずに、テオリッタは立ち上がった。

「我が騎士ザイロ、あなたは私に対してところどころ不遜な態度が見て取れます」

「そうか？」

「そうです。もっと私を必要とし、感謝の言葉を捧《ささ》げなさい。そして褒めなさい」

彼女はまくしたてながら、俺を指差した。

「あなたに私こそ――このテオリッタこそ至高の《女神》だと言わせなくては気が済みません！」

ひどく糾弾されているような気分になってくる。テオリッタは自分の正しさを確信するようにうなずいた。

「そのために同行することにして差し上げたのです！」

「いや、待てよ……」

俺は何か答えを返そうとした。

説明が難しい。だけでなく、すごく憂鬱だ。なんて言えばいいのだろう？　言葉を探して数秒迷った——ノルガユが声を発したのは、そのときだった。

「ザイロ！」

鋭く叱責するような声。テオリッタの扱いに関して怒られたのかと思った。

が、違う。ノルガユの手がカンテラを掲げている。刻まれた聖印が、赤い光を放っていた。

「通信だ。本隊からだぞ、これは……良くないな」

「救難信号？」

ノルガユの調律したカンテラの聖印には、複数の機能がある。その一つが本隊との通信。

赤い光は、何か緊急の事態が発生したことを意味する。

『——急ぎ、救援を——』

かすれた音声が、カンテラの聖印から聞こえた。

しかし雑音が多い。金属のぶつかる音。稲妻のような苛烈な音。戦っている？

『魔王現象——』

俺もノルガユもテオリッタも、ほとんどくっつけるようにしてカンテラに耳を寄せた。

『襲撃されている。相手は』

騒音の合間に聞こえるキヴィアの声は、それでも俺たちをうんざりさせるには十分だった。

『――異形化《フェアリー》した、人間。これは――要救助者の可能性――』

俺とノルガユは顔を見合わせ、ほとんど同時に舌打ちをした。

「今日はもう、だいぶ疲れてるんだけどな」

「ゔぅぐ。ぐる」

タツヤが同意するように、低い呻き声を漏らした。

道理で仕事が順調だと思ったんだ。こういうときは決まって、ろくなことにならない。

魔王現象は、人間に影響を及ぼすこともある。

当然だ。植物でも動物でも、石や土でさえ、魔王現象からは逃れられない。人間でもそれは変わらない。例外は、聖印で守られたものだけだ。

だから俺たち前線兵士には、異形化《フェアリー》を避ける聖印が支給されるし、町や村も聖印による防壁がある。遠出をする旅人ならば守りの護符を持っているだろう。

人間が異形化《フェアリー》した場合は、ほかの生き物以上に大きな変化を遂げる。時間が経つごとに人らしい姿を失っていく。俺が遭遇した一番ひどい例でいえば、全身にたくさんの「顔」と「内臓」を生やしたナメクジみたいになっていたのを見たことがある。

あのときは俺の部隊にも吐くやつがいた。

——このとき俺たちが遭遇したのは、そういう意味で言えば、かなり人間の姿を保っていた。保ちすぎていた、といってもいいかもしれない。

その誰もがえらく長身だった。そういう風に変化したのだろう。皮膚がぎらぎらと輝く銀のような甲殻に覆われ、そのあちこちに、ぼろぼろになった服の切れ端がこびりついていた。

そういう集団だ。

この手の、鉱物に侵食されたような姿の人間型異形《フェアリー》を、便宜的に呼び分ける名前が存在する。神殿の学士会が定めた呼び名は『ノッカー』だ。あえて人間と区別する必要があった。少なくとも、前線で戦う俺たちにとっては。

その数、およそ百はいるのではないだろうか。

ノッカーは見た目と裏腹な俊敏な動きで攻勢を仕掛けている。守りに徹しているのは、当然、聖騎士団の連中だ。地面に盾や柵を備え、防衛戦を展開している。

「ザイロ！《女神》テオリッタ！」

キヴィアが声をあげた。

やつは鋭く槍を突き出し、一人の——いや、一匹のノッカーを貫いていた。槍の穂先が、べぎん、と苛烈な音を響かせる。全身を覆う殻を砕いて、吹き飛ばした。そういう聖印が使われているのだろう。

「劣勢みたいだな」

俺は見ればわかることを言った。防戦している聖騎士たちはおよそ二十名というところか。

この手の異形《フェアリー》化構造体を制圧するとき、戦術としては部隊を小集団に分割し、通信による連携をとりながら交戦する。一気に百人、千人と投入しても、このような閉鎖空間では利点とならないからだ。むしろ落盤やら何やらで、一網打尽にされる危険ばかりが高まる。

「我が騎士」

と、テオリッタはすでに俺の肘を摑んでいる。いまにも飛び出していきそうだ。

「《女神》として、救って差し上げなければ！」

「だな」

かくいう俺も、首筋の聖印がひりひりと痛みはじめている。監督責任者であるキヴィアの死は俺たち勇者の死でもある。だが、そのためには——

「手伝うなら命令してくれ、キヴィア聖騎士団長。規則だろ」

「わかっている。挟撃を頼む！」

俺の皮肉っぽい言い方に、キヴィアは少し不機嫌そうに眉をひそめた。

が、すぐにちゃんとした指示を出してくる。駆けつけた俺たちと騎士団とで、ノッカーどもを挟み打つ形ができる。

「よかろう。ゆけ！」

ノルガユは大声をはりあげた。

本人は一歩も動く気はなさそうだったが、見た目に威厳だけはある。

「我が王国の精鋭たちよ！　異形《フェアリー》と化した国民に安らかな眠りをもたらすのだ！」

我が王国、というところに強烈な違和感はあったが、気にしても仕方がない。

俺とタツヤはほぼ同時に交戦を開始していた。俺はテオリッタを抱えて飛び跳ね、タツヤは獣のように前のめりになって地を駆けた。

「ぶうぁう！」

という妙な雄叫《おたけ》びとともに、タツヤの斧がノッカーどもを背後から襲う。

「じぃぃ――――るぁぁああ！」

やつらの皮膚は鉱物と化しており、なかなかに硬いはずだが、タツヤの腕力の前にはあまり意味がない。それに、あいつの振り回す戦斧にはノルガユの刻んだ聖印がある。

切断の聖印。

そいつが機能している限り、切れ味という点では、東方諸島産の鋭利な刃と変わらない。一匹、二匹と、枯れ木をへし折るように突撃していく。そして俺は――――《女神》テオリッタを抱えている以上、もっと迅速な手段をとることができた。

軽い跳躍で、ノッカーどもの頭上を飛び越える。簡単なことだ。

「手加減するぞ。テオリッタ、一振りでいい」

「そうですか」

どこか不満そうではあったが、テオリッタはちゃんと従った。

「物足りませんね」

その手が空を撫でる――――刃が生まれる。鋭利な鋼の剣だった。俺はそいつを摑んで、即座にノッカーどもへと投げ放った。

一見無造作に見えるかもしれないが、俺もちゃんと狙っている。こんな閉鎖空間では威力も絞らなければならない。俺ならそれができる。

密集し、タツヤに押し込まれるノッカーどもにとっては、逃れる場所もない。白い閃光とともに爆破が引き起こされる。それに巻き込まれたのが十以上。仕留められなかったやつもいるが、足や腕を吹き飛ばした。

あとは、キヴィアたちが押し返せばよかった。

「攻勢！」

降り立つ俺とすれ違うように、聖騎士たちの反撃が行われる。連携した聖騎士たちの突撃力は、言うまでもない。

彼らが身に着ける具足も、その一式が兵器の塊なのだ。あちこちに聖印が刻まれている。複数の聖印から形成される兵装を、一般に「印群」と呼ぶ。そういう製品として定着した。攻撃のための聖印、防御のための聖印、軽快な機動戦闘のための聖印。そういうものがひと塊になって刻まれている。

特にキヴィアの具足と槍は、先陣を切った白兵戦闘に向けて仕上げられているようだった。ノッカーどもの叩きつけるような拳を籠手《こて》で弾き、まるで問題にしていない。槍は小枝のように振り回され、異形《フェアリー》化した表皮を容易く砕く。

槍の穂先がぶつかる瞬間に激しい音をたてる。なんらかの衝撃力を発しているのだと思う。たぶん、民間製品ではない。軍が開発しているものだろう。おそらくは防御を主体とした「掩撃《えんげき》印群」と呼ばれる類の印群。あれこそまさしく、《女神》を守って突撃する聖騎士のための兵装だ。

——よって、戦闘もほどなく完了する。

すべての片がつくと、キヴィアは厳《いか》めしい顔をして俺たちに近づいてきた。

「……救援、感謝する。迅速だったな」

「まあな」

そう遠く離れていなかったことが幸いした。聖騎士たちに被害が出る前に助けられたようだ――にもかかわらず、キヴィア配下の兵士たちが俺たちに向ける視線はよそよそしい。というより、はっきりと嫌悪感を抱いているのがわかる。

そりゃそうだろう、と思う。俺は《女神》を殺すと言う意味不明な罪を犯した重罪人だし、ノルガユは王城テロ事件で有名だ。タツヤは――よくわからないだろうが、あんな獣みたいな戦いぶりをするやつは恐ろしいだろう。

それはキヴィアにしても、そう大差はないと思われた。露骨な嫌悪は、この前のときのように顔には出さない。ただ、俺たちを不審な連中だと思っていることは、目つきを見ればわかる。悪質な噂のある傭兵《ようへい》と同じだろう。

腕は立つが、信用はできない。犯罪者集団。

（……だったら、俺たちはともかく）

不思議なのはテオリッタだ。

聖騎士たちの目は、テオリッタに対しても妙な暗さがあるように感じる。なぜだろう。いや、そもそもテオリッタにはよくわからないことがある。

なぜ、棺桶――というかあのデカい箱に入った状態で、覚醒させないまま運ばれていたのか？ということだ。俺は聖騎士たちの表情から、その手がかりを読み取ろうとした。

が、その前にキヴィアが口を開いてくる。

「ザイロ。すまないが、今後の作戦行動を検討したい」

「ずいぶん丁寧だな」

つい、皮肉のような返事になった。

「命令してくれりゃいいだろ」

「それが難しくなった。やつらは人型の異形《フェアリー》だ」

「ああ――」

俺も、ずっとそのことは引っかかっていた。

人型の異形《フェアリー》は、時が経つにつれてその異形《フェアリー》化の度合いを深める。やつらはまだ十分に人間の形を留めていた。かなり最近、異形《フェアリー》になったということだ。日が浅い。長く見積もっても五日ほどしか経過していないだろう。

そして、この坑道が閉鎖されたのは、一か月ほど前だ。

行き当たる結論は一つしかない。

「この坑道のどこかに、まだ人間が残ってたのか？」

「やつらに襲撃を受けたとき、その可能性が高いと見ていた。そして、確証も得た」

キヴィアは背後を示した。狭い通路の片隅だ。そこに、ぼろ布をまとった人影がある。異形《フェアリー》でも、聖騎士でもない――ひどくやつれた、一人の男。がちがちと震えているのがわかった。

俺がそれに気づいたとき、キヴィアは重苦しくうなずいた。

「脱出に間に合わなかった民間人、この鉱山の労働者が数十名、残存していることが判明した」

気が遠くなりそうだった。

なんてことを。話の内容というよりも——その発言の間の悪さに。こんなところで、よりによって、あの男がいる場所で言うとは。

「——よかろう。ならば、救出作戦を発動する」

ノルガユ陛下が重々しく宣言した。

当然だ。その目は真剣で、何者も異論を許さない峻厳《しゅんげん》さすらあった。

「この鉱山の労働者ならば、我が王家のために尽くした忠臣である」

呆気《あっけ》にとられたキヴィアを前に、ノルガユ陛下は声を張り上げた。

「なんとしても彼らを救うべし！」

そいつは無理だろう、と俺は思った。

聖騎士団とガルトゥイル要塞、それから神殿のことはよく知っている。そんな作戦行動を許すような、いい加減な集団ではない。そのやり口も知っていた——たぶん、労働者どもをまとめて皆殺しにするつもりだろう。

「……待て。それは許可できない」

と、やはりキヴィアは当然のことを言った。嫌になるほど真面目な顔だった。

「残存した人員の救出作戦は、ガルトゥイルからの許可が下りない」

「ガルトゥイルだと？」

ノルガユ陛下は嘲笑《あざわら》った。

「くだらんな。この、余が命じているのだ」

一人称が「余」である男を、俺はノルガユと本物の国王しか知らない。

「放っておけ。軍部は行政機関に従属するべきである。余の命令が優越する！」

もちろん、そんなことを言っても放っておかれるのはノルガユ陛下の方だ。

「すでに、ガルトゥイルとは通信した」

キヴィアは小さくため息をついた。

「……民間人の救出というのは、当初の目的と異なる。そのために聖騎士団に損害が出ては意味がない。魔王現象の撃破後に対処すべき問題、とのことだ」

「だろうな」

俺はうなずいた。連中なら、当然そういうことを言う。そのこと自体は嫌いではなかった。俺は軍の、そういう明快さが好きだった。

「どう考える、ザイロ・フォルバーツ」

「俺が？」

少し驚いた。キヴィアにそれを尋ねられるとは。

「貴様に聞いている。あくまでも参考までに尋ねたい。我々が救出作戦に踏み切った場合――」

キヴィアは背後を気にした。ほかの聖騎士たちの視線が集まっている。

それでわかった。彼女の表情は硬い。わずかな躊躇いもそこにあった。

「どの程度の損害が予想される？」

己の考えに不安があるから、そういうことを聞くのだ。しかも自分の部隊の参謀やら副官ではなく、まったく外部の人間である俺のようなやつに聞くということは、よほどのことだった。

つまるところ、この団長――キヴィアという人物は、部隊の中でも孤立しているのではないか。

（なるほど。微妙な立場だな）

俺がいままで耳にしたことがない番号の部隊ということは、ごく最近に設立された部隊ということだ。だとすれば、キヴィアは新任だ。

しかも、この若さから考えて、まともに戦闘を指揮した経験は少ないはずだ。部下たちからの信頼が篤《あつ》いはずがない。ましてやこの前のクヴンジ森林での失態ともいうべき一件がある。部下ではなく外部に意見を求めたくなる気持ちもわかる。

――だが、そいつは完全に悪手だ。

たったいま、俺に意見を求めているだけで、部下からの視線が刺々しくなるのがわかる。

（ここからわかることは）

俺はとても憂鬱になった。

（キヴィアは可能な限り人員を救出したい。ただし、部下たちはそんな無茶に付き合いたくない。……部下の気持ちの方がわかるな）

聖騎士団に所属するのは、貴族の出身か、あるいは市民から取り立てられた者たちだ。

すでに持っているものを失いたくないし、軍部からの命令に逆らうような作戦で、せっかく摑んだ成り上がりの好機を奪われたくない。当たり前の話だ。

(キヴィアの方がどうかしているんだ)

俺はそう結論づけた。

「ザイロ・フォルバーツ。意見を言え」

キヴィアは命令口調で言った。そうであるからには、従わざるを得ない。

「もしも救出に向かうなら、めちゃくちゃな損害を覚悟する必要がある」

俺は正直に告げる。そうするしかなかった。

「異形《フェアリー》どもが殺到する中で、民間人を防衛しながら撤退しなきゃならない。しかもこの狭い地形から抜けるとなると――」

少し考えただけでも、凄惨なことになるのはわかる。

「どれくらい被害が出るかわからねえな。相手の魔王現象にもよる」

「そうか」

キヴィアは顔をしかめた。

「しかし――、聖騎士とは、国の民のために」

「……キヴィア団長。申し訳ありませんが、発言の許可を願います」

背後から、咎めるような声が聞こえた。

さっきから、明らかに不満そうな顔をしていた一人。兵士――ではない。白い貫頭衣に、首からぶら下げた鉄製の大聖印は、神殿に勤める者の証明だ。神殿から派遣された神官なのだろう。

こういうやつは騎士団にとっての参謀であり、聖印の調律技師でもある。

「恐縮ですが、いま、この男の意見を確認する必要がありますか。予定通りの作戦を遂行するべきでしょう」

当たり前のことを言わせないでくれ、と、その目が語っている。

この神官はまだ若い――絶対に死にたくないだろう。しかも懲罰勇者などの意見を聞いて、馬鹿げた作戦に付き合うのは絶対に御免だというのも理解できる。

「焦土印の設置により坑道ごと封鎖する。それが、ガルトゥイルからの指示でしょう」

「ああ」

キヴィアは小さくうなずく。

「そうだ」

作戦はわかった。この手の異形《フェアリー》化構造体が相手の場合、よくあるやつだ。

魔王の討伐という目的さえ果たせればいい。つまりしかるべき要所に焦土印を配置し、一斉起爆することで、構造体ごと破壊する。これはかなり確実な手段と言えた。魔王現象も、異形《フェアリー》も一掃できる。

問題は――

「それでは、我が国の民を見捨てることになる！」

ノルガユ陛下が怒鳴った。断固として譲らない気迫。うちの部隊にはよくあることだ。

「もう一度言う。作戦を変更せよ！　これは王命である！　貴様ら、この余に対し――は、は、反逆するというのか！」

「……ああ、ひどいですね、これは」

神官の男は、ノルガユを見て頭を抱えた。

「見るに堪えません。……ノルガユ・センリッジ……賢人ホルドーの最後の弟子、あの学士会に誉れ高き英才の末路がこれとは」

なんとなく、知っていそうな口ぶりだった。

そういえば、と、俺も思い出す。聖印の調律については、主に神殿の学士会にて研究されている。その技術を学ぶ場所も、軍か神殿に限られていた。ならばノルガユ陛下は、もともとは神殿の出身だったのか？

何があってこうなったのか、少し気になった。少しだけだ。いまはやつを大人しくさせなければならない――いや、そんなことは無理だとわかっていた。ノルガユ陛下を口先で言いくるめることができるか？　ベネティムにならば、あるいはそういうことができただろうか？

その可能性を検討したとき、俺の結論は決まっていた。

「貴様ら！」

と、ノルガユ陛下は真っ赤な顔で怒鳴り散らしていた。

「この……この、反逆者どもめ！　国家転覆を企てる悪党め！　王命によって一人残らず処断するっ、決して許さぬぞ！」

「落ち着け、陛下」

「黙れザイロ、貴様も裏切るつもりか！　それならば余にも考えがあるぞ！」

「俺にもある。……キヴィア、聖騎士団に提案させてくれ」

我ながら、馬鹿げたことを考えていると思う。

それでもあえて言おうとするのはなぜか、俺は自分の中に理由を見つけられない。

女神殺しの罪を負って、聖騎士団を追われたとき、俺は自分の中から理想――とでもいうべきものを失《な》くした。聖騎士だった頃は、戦うことで、誰かを守れると思っていた。魔王現象どもを撃退して、やつらに怯えながら暮らす必要のない日々を作れると信じた。

だが、『やつら』の存在に気づいて、あまりにも馬鹿げていると思った。

人類の存亡を懸けた戦いで、俺を嵌めて《女神》を殺させるような『やつら』。あいつらには借りを返してやらねばならないが、戦うための理想はもう残っていない。顔も知らない誰かのために戦うなんて、かつての俺はどうかしていた。

（ただ――）

俺はさっきから視線に気づいている。

聖騎士団のやつらのことじゃない。《女神》だ。テオリッタが俺を見ている。

テオリッタは、先ほどから一言も発していない。何かを恐れている――あるいは期待する目だった。正直、やめてほしいと思う。なんで黙っているかと言えば、黙っている方が有効だと知っているからか？

おそらく違う。テオリッタは、本当に怖がっているのだ。

（まあ、そうだよな）

俺は《女神》のことを知っている。

人から褒められることを望む反面、人から否定されることが恐ろしい。心の底から恐れている。

特に、自分が選んだ聖騎士に否定されると、死にそうな顔をする。

だからテオリッタは発言ができない。この場にいる誰もが――ノルガユ以外は、自分の意見を否定するだろうと感じているから何も言えない。

（それに、このアホ）

怒鳴り散らしているノルガユ。言っていることは間違っていない。本当にこいつが国王ならば、そういう判断もいいだろう。さぞかし人気を集めるはずだ。

そして、このまま怒鳴り続ければ死ぬ。聖騎士団に歯向かえば、首の聖印がタダじゃおかない。

命令違反を犯して必ずそうなる。

（どいつもこいつも）

急激に腹が立ってきた。俺はいつもそうだ。いつもこれで何もかも台無しにする。

テオリッタもノルガユも、自己犠牲みたいな行動でどうにかしたがるクソアホ野郎だ。どうしてそんなに死にたがるのか。好き勝手言いやがって！

気が付けば、俺はノルガユ陛下を押しのけてキヴィアの前に立っていた。

「提案だ。……俺たちが、残ってる作業員を助けに行く」

とうとう言ってしまったが、本当は、そんなやつらのことはどうでもよかった。俺は《女神》やノルガユのように正しくない。

ただ腹が立っているだけだ。

「勇者部隊だけで、それをやる。坑道最深部での前線基地設営は終わってる――もう十分だろ。あんたらはあんたらで、作戦通りやればいい」

ノルガユ陛下が満足そうにうなずき、テオリッタの目が炎のように燃えるのがわかった。暑苦しいからやめてほしい。

「俺たちは勝手に救出作業をやる。間に合わなきゃ生き埋めにしてくれ。それならいいだろ？」

キヴィアはいっそう顔をしかめたが、神官は苦笑した。

勝手にしろ、とでもいう笑い方だった。それはそうだ。俺だって、俺みたいなやつを見たら笑ってしまうだろう。勝手にしろ、ではなく、勝手に死ねとさえ思う。

「失敗しても、俺たち勇者どもが死ぬだけだからな」

「……ザイロ！　我が騎士！」

テオリッタが俺の腕を掴んだ。

しがみついた、といった方が正しいかもしれない。小型犬のように軽い体重だった。

「それでこそ我が騎士です。勇敢な発言、私の目は正しかったと証明されました」

テオリッタは飛び跳ねんばかりに喜んでいる。というか、軽く飛び跳ねていた。

「よろしいですね、キヴィア！　神官よ！　救出に成功した暁には、あなたたちも私たちの偉業を褒め讃え――」

「もちろん、この《女神》はあんたたちに預ける」

「え」

テオリッタは愕然とした顔をした。

が、当然のことだ――《女神》を連れて、生き埋めになるかもしれない仕事に付き合わせる愚行が許されるはずがない。

俺は腕にしがみつくテオリッタを抱え上げ、キヴィアに差し出した。やはり軽い。

「待ちなさい、我が騎士！　騙しましたね！　このっ、万死に値しますよ！」

テオリッタは暴れたが、どうしようもない。そもそも俺は騙していない。

「うまくやって帰ってきたら、歓迎してくれ」

キヴィアは無言で、神官は苦笑しながら首を振り、俺たちに背を向けた。

それが答えだった。こうして俺はまた自分の墓穴を深く掘った。

刑罰：ゼワン＝ガン坑道制圧先導　4

鉱山作業員たちの隠れ家は、もう限界ぎりぎりの状態だったといえる。

奥まった坑道の突き当たり、道に敷かれた軌道路の先。

そこにちょっとした小屋のような――あるいは粗末な砦《とりで》のようなものが築かれていた。

防壁代わりになっているのは、掘削用の機材。それに人員運搬用の大型トロッコだ。もともと小屋くらいの大きさのある代物だが、それを並べて壁にしている。

ただし、その壁もぼろぼろになっていて、大型の異形《フェアリー》が襲来した際にはもたないだろうことは明白だった。魔王現象から身を守るための聖印も、かすかな光しか放っていない。蓄えた光が切れかけているのだ。燃料である太陽光のないところでは、どんな聖印でも消耗が速い。

そんな状況だったから、まさに彼らは襲撃を受けていた。

俺とノルガユ、タツヤはどうにかその場面に滑り込むことができた。

かなり肥大化したムカデ型のボガートたちが暴れていて、いまにも防壁を破壊しそうだった。その牙が、錆びたトロッコの壁に穴を開けていた。誰かの悲鳴も聞こえた。

「行け！」

と、陛下は素早く指示をお出しあそばされた。

「進軍せよ！　余の民を救え！」

めちゃくちゃな指示ではあるが、言っていること自体は正しい。仕方がないので、俺とタツヤは直ちに陛下のご命令に従った。

決着は瞬く間についた。

「ぶぅぁっ」

と、タツヤが飛び込んでボガートの頭を叩き割り、タツヤが戦斧を振り回してボガートの胴体を真っ二つにし、タツヤが跳躍してボガートの顎を粉砕した。

静かになるまで十数秒。

これだけ言うとタツヤだけ働いたように見えるが、まあ、実際その通りだ。ただし俺は俺にしかできない仕事をしていた。

鉱山の作業員たちを保護したうえで、あのいかにも異形化《フェアリー》を発症しているような男たちが実は敵ではないこと――つまり俺たちが助けに来た味方であることを説明しなければならなかった。

残った作業員は、あわせて二十四人。かなり疲弊している。幸いにも動けないほど弱っている者はいない。そういうやつは、もうとっくに死んだか、処分されたのか。いまそれを問うのはやめておこうと思った。

「……助けが来るなんて、思わなかった」

おそらく現場の長のような立場と思《おぼ》しき、年かさの男が言った。まだ夢を――悪夢を見ているかのような表情だった。

「聖騎士団の人なのか？」

「まあな。聖騎士団の命令だ」

俺は本当のことを言わなかった。俺たちが懲罰勇者だと知ったら、彼らは再び絶望するだろう。

「まずは、全員が武装しろ」

俺はやるべきことを頭の中で整理した。

ここを脱出するには、この非戦闘員たちに身を守る手段を与えねばならない。単なる足手まとい複数人では、守り切ることは絶対に不可能だ。

俺はその場にある資源に注目した。スコップを持っている男もいるし、ツルハシや棒切れもある。それで十分だ。あるいは石ころでもよかった。それらはすべて、ちゃんと身を守る武器に変えられる。その手段がある。

「そこにいるノルガユ陛下は、聖印調律の専門家だ。あんたらを武装させることができる。みんな例外なく武器を持ってもらう」

「……ノルガユ……陛下？」

「そう呼ばれてる」

作業員たちは困惑の表情を浮かべたが、放っておくしかない。いまはとにかく時間がない。

「安心せよ、者ども！　我が忠臣たちよ！」

と、呼びかけたノルガユ陛下の声には、たしかにどこか指導者らしい響きがあった――ような気もしないでもない。

「ここを脱出し、必ずや諸君の働きに報いよう。武装せよ！　ここにいる、我が直属の精鋭たちに続け！」

堂々たる演説じゃないか。俺は意味がないと知りながら、というより意味がないからこそ、タツヤの肩を叩いた。やつは虚《うつ》ろな顔で俺を見た。刺激に反応しただけだ。

タツヤに何があったのか、俺は詳しいことを知らない。ただ、《女神》に呼び出された異世界の人間だったとは聞いている。

噂では、《女神》の不興を買ったとか。異世界において、最も殺しの腕に長けた人間だったとか。特に女を専門に暴行して殺すのが趣味の男で、それがために召喚され、またそれがために身を滅ぼして勇者になったとか。そういう噂はある。

本当でもなんでも、どっちでもよかった。

いまのタツヤに自我や思考力などない。ただの勇者だ。どんな過酷な状況でも、絶望することだけはない男。その機能がない。ノルガユや俺と同じく、戦うしかない。

「タツヤ、先行せよ。道を切り開け」

ツルハシの一本に、簡易的な聖印を刻みながら陛下が言う。

簡単な守りの聖印。あとはささやかな破砕の聖印。岩くらいなら、一度か二度は軽く破壊できる力をもたらすものだ。ノルガユの手にかかれば、それはもっと長持ちするし、威力もあがる。

それも異形《フェアリー》の物量にかかれば、気休めのようなものではある。

「互いに互いの背を守れ！　余は、一人として脱落者を出すつもりはないぞ！　それからザイロ、お前は――」

「わかってる」

俺は残りのナイフの数を数えて、うなずいた。この状況なら、俺が最後尾につくべきだ。専門用語でいえば、これを殿《しんがり》という。この役目はタツヤには向いていないし、ノルガユに任せるわけにもいかない。

俺はノルガユの戦闘能力を把握している。図体はかなりのものだが、それだけだ。

「後ろから続く。脱落したいやつは、早めに言ってくれ」

俺は作業員のみんなを見回し、あえて軽い口調で言う。

「最悪のことになる前に、始末はつけてやる」

作業員たちはいっそう悲愴な顔をした。

「ザイロ。お前の能力は信用している」

ノルガユ陛下は、棒切れにまで聖印を刻みながら言う。

「無事に生還したら、お前には軍の総帥の座を与えよう。至高の名誉に浴すがよい」

「ありがたき幸せ」

俺はそう答えるしかなかった。要するに、この戦いに栄光や名誉などない。うまくいっても、二十四人の疲れ果てた男たちが生き残るという結果だけ。うまくいかない可能性の方がずっと大きい。魔王を倒すこともない。それは俺たちの役目じゃない。聖騎士団が坑道ごと粉砕するだろう。

ただ、地獄のような面倒臭さと、うまくいかなかったときの苦痛というリスクだけがある。

(懲罰らしくなってきたぞ)

自嘲しながら、俺はナイフを一本だけ引き抜く。ノルガユの聖印調律の作業はまだまだ途中だったが、完遂までを見守る暇はなさそうだ。

「陛下、もう移動した方がいい」

俺は振動に気づいていた。

何かが近づいてくる。何かとは、この場合は異形《フェアリー》でしかありえない。それを証明するように、後方の土壁が砕けた。見るからに凶悪な、ムカデ型のボガートの顎が覗く。誰かが悲鳴をあげて尻餅をついた。

「すぐに立て!」

俺は端的に告げて、ナイフを投擲する。さっそく一つ、武器を手放すことになった。『ザッテ・フィンデ』の聖印がボガートの頭部を吹き飛ばす。

「次に転んだやつは、容赦なく置いていくからな」

俺の宣言は、狭い坑道に谺《こだま》を生んだ。

「自分の身は自分で守れ。ノルガユ陛下はそうおっしゃってる」

不安をごまかすためだろうか。鉱夫たちが雄叫びをあげた。その響きは先を走り出すタツヤの唸り声に混じり、地獄のような絶叫と化した。

四方八方から、ボガートどもが近づいてくる気配がある。ここは腕の見せ所だ。余裕で切り抜けて、後で誰彼構わず自慢してやる。

俺はノルガユ陛下の顔を見た。

「初めに死ぬのはお前だ、ザイロ」

と、陛下はありがたいお言葉をかけてくれた。

「次に余が。三番目にタツヤが死ね。忠義を尽くした民の命に比べれば、実に無意味だ！」

たいした王様だ。

話は通じないが、嫌いなやつではない。

◆

なぜ鉱夫たちがここに取り残されたかといえば、理由は一つ。

連絡が遅れすぎたからだ。連合王国行政室が指示した住民の脱出には、優先順位があった。

まずは子供、病人、女、老人。それから聖印調律の技術者、機材を保有する商人たち、軍人——と続き、労働者は最も後回しになった。

これは神殿と軍部のせめぎあいの末に決定されたものだろう。曲がりなりにも弱者の救済を教義に掲げる神殿と、実利を最優先とする軍部が互いの優先順位を掛け合った結果として、こういうことになった。

神殿と軍部の対立は、連合王国成立の当初から大きな問題だった。どちらが良い、というわけではない。お互いに担当している領域が違いすぎるというだけだ。

ただしそこに出資元の貴族たちが絡んでくると、もはや手に負えない。改革を唱え、断行しようとしていた宰相も、五年前に急死してまた混乱が始まっている。

「最初は……五十人はいました」

頼りない足取りで走る、というよりよろめきながら、鉱夫たちの長は言った。

その五十人が、だんだんおかしくなっていったそうだ。

「……夜になると、『声が聞こえる』って言いはじめたやつがいたんです。寝てる間に、そいつが……どこかに消えて……そして戻ってきたときには、化け物になってました」

（声か）

俺はその点に注意を向けた。この鉱山の核となっている魔王現象の、一つの手がかりになりえたかもしれない。人間の精神に異常な影響を与える魔王現象というのも存在する。

この場合は――

「ザイロ！　来るぞ！」

ノルガユ陛下が怒鳴った。鉱夫たちの悲鳴がそれに重なる。

長い列を成して逃走する彼らの、真横の土壁がごぼごぼと異様な音を響かせていた。ムカデ型のボガートが地中を移動している音だ。

こうなると俺が対処するしかない。タツヤは先頭を切って、行く手を阻むボガートどもを叩き潰しているし、ノルガユ陛下には戦闘能力も軍事的な指揮力もない。

「スコップ、構えろ」

俺は鉱夫たちに命令した。できるだけ落ち着いて、平然と、かつ偉そうに。

隊列の中段の五人程度には、かなりまともなスコップを持たせてある。ツルハシよりも軽く、先端に鉄を使っているので威力も出せる。

「頭を出したら殴れ。来るぞ。あと半歩下がれ――もう少し。よし、いまだ――行け！」

最後の『行け！』だけ吠えるように言った。

それで弾みがつく。突き出たボガートの鼻先に、鉱夫たちのスコップが叩き込まれる。聖印はたしかに機能した。打撃音。硬い顎に亀裂が入る。

こうなると、悲鳴をあげるのはボガートの方だ。頭を引っ込めようとする、それを逃がさない。俺はすぐさまナイフの投擲に入っていた。浸透させる聖印の力は最小限でいい。頭部に突き刺さって光が弾け、体液が飛び散る。

この一撃で、状況に片が付いた。

「よし。小休止だ！　怪我《けが》したやつは止血しろ。水は飲んでもいいが一口だけだ」

俺は怒鳴りながら、砕けたボガートの頭部からナイフを拾い上げてみる。

鉄の刀身が焼けたようになっていて、指先で弾くと簡単に折れてしまう。これが『ザッテ・フィンデ』を用いた雷撃の難点だ。砲弾として媒介する物体が、簡単に使用不能になる。俺が聖騎士をやっていた頃は、専用の工房で鍛えられたナイフが支給されていたものだ。

いまは何もかも、有り合わせでどうにかしなければ。

「これで道は正しいのか、ザイロ」

ノルガユ陛下は不満そうに、小声で尋ねてくる。

「我々の来た道とは違うぞ」

「これでも最短距離で移動してる。タツヤは道を間違えない」

すでに向かう先は決まっている。タツヤにはそれを教えてあった。

目指しているのは、あえて聖騎士団の撤退経路とは違う方向だ。

俺たちが作った前線基地と、それを繋ぐショートカット通路とは別の道。最深部まで焦土印を設置するという任務を聖騎士団が果たすのなら、やつらの移動と工作が魔王現象に見つからないはずがない。

俺たちより優先的な攻撃対象になるだろう。やつらに主力を引き付けてもらう。この考えは大いに成功していた。敵は殺到してくるが、多すぎるというほどではない。

先を急がなければならないのだが——このあたりで強行軍は限界だ。鉱夫たちの疲労もある。ボガートどもも、そろそろ俺たちが目障りになってきたはずだ。遭遇率が増えつつある。大きな攻勢がどこかで来るとは思っていた。

それを突破できれば、望みはある。

「休みながら聞いてくれ」

俺は荒い息をつく鉱夫たちに告げる。

「ここで戦線を組む。追撃を一時的でいいから止める。それから、わりと元気なやつは挙手してくれ。三人、タツヤについていけ。そっちは別動隊だ――タツヤ、打ち合わせ通りに動けよ」

がくん、とタツヤがうなずいたのを確認してから、全員を見回す。

「悪いがみんな、もうひと働きしてもらわなきゃならない。やれるか？」

生き延びたい気持ちは全員同じはずだ。鉱夫たちは顔を見合わせ、なんらかの希望に縋ろうとしているのがわかった――いや待て。希望？

「あんたたちが言うなら、やれます」

鉱夫たちの長がうなずいた。

「あんたたち、……聖騎士の人じゃないんでしょう？　聞いたことがあります。その……首にある、聖印……」

「なんだ、こいつを知ってるのか」

こうなれば、嘘をついても仕方がない。

「俺たちは有名人みたいだな。そりゃそうか。世界一の極悪人集団って聞いてるか？」

「極悪人でも、あんたたちは助けに来てくれましたよ」

鉱夫たちの長は、俺の冗談に少しだけ笑った。余裕ができてきて何よりだ。

「だから、おれらがどうなるにしても、少しは……マシな死に方ができると思ってますんで」

「嫌なこと言うなよ。死なれてたまるか」

「うむ。生きて我が国家の役に立て」

俺は片手を振ったし、ノルガユは重々しくうなずいた。意見が一致したのは気持ちが悪いが、仕方がない。文句を言おうにも、次の客がやってきている。

正面だけでなく、頭上や足元からも土を削り砕く音が聞こえていた。

「タツヤ、三人つれていけ！　右手通路からだ！」

言ってから、俺は地面を足でやや強く蹴る。

（たぶん、さっきより数が多いな）

反響の度合いでそれがわかる。音響により索敵をする能力なら、かつての俺にはもっとちゃんとした精度の高いものがあった。探査印『ローアッド』。その聖印はすでに封印されてしまったが、だいたいの勘だけは残された。

命がかかった状況で経験した手応えというものは、意外に身につくものであるようだ。いまでも多少の予測をつけることができる。

「来たぞ」

土が砕ける。天井、壁、床、四方八方あちこちの土を食い破り、新手が姿を現す。通路の前後を塞がれ、包囲の形ができあがるが、これは想定していたことだ。

（やってやろうじゃねえか）

出現したボガートどもの多くは、俺の方に殺到してくる。本格的な攻勢だ。やつらも俺たちの中で誰が脅威かということをわかってきたらしい。

少しは賢い。だが、それ以上ではない。

「後退、十五歩だ！　焦るな、後ろは俺が止めてやる」

ここが重要なところだ。

包囲されたまま戦うことは避けねばならない。後方を突破して態勢を整える必要があるが、秩序を保った後退はゲロが出るほど難しい。俺はよく思い知っている。少し混乱すればたちまち潰走に至るだろう。それを防ぐには、ちゃんとした殿軍を用意してやることだ。

この場合、それができるのは俺しかいない。

「行け！」

と、俺はナイフを後方へ投げた。

十分に聖印を浸透させたものだ。これで後退の道を開く。強烈な爆破が一瞬だけ闇を眩しく照らせば、鉱夫たちはツルハシやらスコップやらを振り回して、死に物狂いで駆け抜ける。

そうしておいてただ一人、後退する集団の最後尾で武器を構える。これもノルガユが簡易的な聖印を施したもので、木の棒の先にナイフを固定した、即席の槍だ。

「調子に乗るなよ」

ボガートの突進を受けて、一歩引く。動きは見えている。槍を突き込む。頭部の隙間を貫き、次を凌ぐためにまた一歩。二歩。牙の先が俺の脹脛《ふくらはぎ》をかすめる。巻き付いてくるやつを蹴り飛ばす。

呼吸がきつい。それでもあと一撃か二撃目で限界がくる、というところまで粘る。

そこまでやるからうまくいく。

「いいぞ――やれ！　押し返せ！」

「うむっ。ゆけ！　我らが精鋭たちよ！」

「おおうっ」

俺の合図とノルガユの偉そうな命令に、鉱夫たちはよく応じた。地鳴りのような野太い雄叫びと前進。さっきの長の言葉は、口だけではなかったことが証明される。十五歩分後退した集団は、ボガートどもの包囲を避け、さらに突撃の間合いを稼いでいた。

スコップとツルハシが一斉に突き出される。ボガートどもの頭部が砕ける。

叫びと金属音。ボガートどもの反撃。そのまま正面からぶつかり合う、戦闘らしい戦闘の形になっていく。こうなると鉱夫たちは不利だ。戦闘技術と、身体能力の違いが出てくる。

だが、これでいい。最初に出鼻を挫《くじ》いて時間は稼いだ。

「――ぐぅぅううううるあああ！」

坑道の奥から叫び声が響いてくる。

ボガートどもの後ろから、タツヤと、三人の鉱夫が突っ込んできていた。つまり偽装の後退、誘い込んでの反撃、迂回させた別動隊で背後を衝《つ》く。歴史上何度となく繰り返されてきた古典的な手口だが、いまもなお有効な戦術だった。

ボガートどもが混乱する。互いに衝突するやつも出てくる。そこへタツヤが戦斧を振るって飛び込み、二匹の頭をまとめて粉砕した。

「あぁあああううう！」

タツヤの雄叫びが長く尾を引く。残響する――ここが勝負だ。俺は温存していたナイフの一本を引き抜いた。

「ふ」

振りかぶる。

「き」

ナイフに聖印を浸透させる。

「とべっ」

投擲する。

爆破と閃光が、タツヤたちの攻勢で怯んだボガートどもをまとめて吹き飛ばす。

(あと何匹だ？)

考えておいた戦術が有効なのはここまでで、後は乱戦だ。俺は真っ先に突っ込む。勢いよく踏み込んで、即座の跳躍、回避、紙一重、斬撃。俺こそがこいつらにとっての一番の脅威だと主張するように、戦う。殺す。

(もっとだ。注意を引け)

俺はタツヤと競うように血の嵐を作る。タツヤは咆哮《ほうこう》をあげている。俺もそれに倣う。

「こっちだ、来い！　俺を退屈させるなよ！」

そうすることによって、鉱夫たちから注意をそらす。心臓が破裂しそうなほど激しく動く。俺たち自身を警戒させ続ける。

とはいえ、俺もタツヤも、ぎりぎりのところで間に合わない。そういう瞬間がやってくる。

何匹かのボガートが、俺とタツヤの迎撃をすり抜けた。顎を開き、ごつい牙の生えそろったその異様な器官を剝き出しにする。鉱夫たちの迎撃だけでは対処しきれない。反撃し損ねた、一人の男の足に嚙みつかれた。悲鳴。一斉にボガートがそいつに群がろうとする。これはまずい。

（ちくしょう）

俺は強引に反転しようとした。

我ながらまずい選択だったと思う。相手に背を向けて、負傷は覚悟のうえで――その瞬間、やつらの頭部に、鋼の剣が生えた。

これはボガートの知られざる生態かと、一瞬そう思った。

だが、そんなはずもない。剣は虚空から落下してきたものだ。ボガートたちは体液をまき散らし、苦痛の鳴き声をあげた。俺は起きたことを理解しようとして、目を凝らす。闇に火花が散っている。通路の奥だ。戦斧を振るうタツヤの、さらに向こうで、炎のような目が輝いた。

「お待たせして申し訳ありません」

《女神》テオリッタは、やや上ずった声でそう告げた。

頰が上気している。息が少し荒い。あの虚栄心の強い《女神》でさえ隠しようのない疲労は、それほど急いでここへ来たことを示している。あるいはそれほど苦労して、聖騎士団を出し抜いて、ここへ来たことを。

「剣の《女神》テオリッタ、ただいま参りました。みなさん、どうぞ思う存分褒め讃えるがよいでしょう！　さあ、我が騎士ザイロ。歓喜の声を聞かせなさい」

そのバカバカしい口上――なかなかセンスがあるじゃないか。

刑罰：ゼワン＝ガン坑道制圧先導 5

テオリッタの出現で、良かったことと、悪かったことがある。

良かったことの一つ目は、時間制限がなくなったこと。こうなった以上は、聖騎士団も焦土印をすぐに起動させるわけにはいかない。《女神》テオリッタをまとめて生き埋めにするわけにはいかないだろう。

良かったこと二つ目。大量の剣を確保できたこと。それも良質な鉄の剣だ。

「余が聖印を与える！　仕上げた剣から地面に突き立てろ。柵を作れ！」

ノルガユ陛下が、珍しく工兵らしいところを発揮していた。

「我らには《女神》がついている。よくぞ我らを祝福に参られた、感謝申し上げる！」

「ええ。任せなさい、ノルガユ」

テオリッタは堂々と、力強く微笑んだ。この二人の会話は妙に嚙み合ってしまうから困る。

「この私と我が騎士がいれば、負けるはずがありません」

テオリッタの呼ぶ剣があれば、防御用の聖印を刻み、鉄柵を仕立て上げることができる。

いま、ここで急ごしらえの防御陣地を作る必要があった。追撃はどうせやってくる。それを防いで、とにかく騒がしく戦う。そうすることで聖騎士団との合流を目指す。向こうも俺たちを探していることだろう。

一方で、テオリッタの出現で悪かったことは、いま挙げた二点以外のだいたいすべてだ。

「何をやってるんだ」

俺は苛立ちを隠せない。

「テオリッタ。聖騎士のやつらはどうした？　なんでこんなところに来た？」

「私は《女神》ですよ、ザイロ」

テオリッタは誇らしげに言った。

「抜け出してきました。人間ごとき、誰が私を止められるものですか」

「お前は……」

「さあ、褒めなさい」

テオリッタは頭を突き出してきた。滑らかな金髪が、火花を散らして輝いている。

「……あの。たったいま、私は皆さんの窮地を助けたということでよろしいですよね？　危ないところに間に合いましたか？　私は役に立ったでしょう？」

「褒めるわけねえだろ」

俺はテオリッタの頭を押しのけた。

それで怒っていることは伝わっただろう。彼女は泣きそうな顔をした。

「な、なぜ？　怒っているのですか、我が騎士。私はやはり、遅すぎたといいたいのですか？　でも、それは……」

テオリッタは唇を噛み、抗議を決意したようだった。

「……あなたが私を置いていったからです！　あんな仕打ちは許せません！　深刻な裏切り行為です。二度とああいうことは――」

「何度でも言うけどな、俺は別に、お前に役に立ってほしいと思ってねえよ」

いま、はっきりと言うべきだ。俺はテオリッタを正面から睨みつけた。彼女の眼《め》は炎のように燃えている――違う。涙が滲んでいるだけだ。

泣いているのか。くそ。まるでいじめているみたいな構図じゃないか。

「役に立たなくてもいいんだよ。そんなの別に俺は望んでない」

「……でしたら、何を？」

テオリッタも俺を睨むつもりになったようだ。

「何を望んでいると言いたいのですか？」

「勝手に死のうとするな。役立たずでもいいから、黙って生きてろ。他人のために命を懸けたりするな、バカバカしい！」

「ええ。そうですね」

激しく罵倒したつもりだったが、テオリッタはどういうわけか、誇らしげにうなずいた。

「あなたがそう言ってくれるから人だからこそ、私も命を賭す価値があります。あなたを選んだ私は間違っていませんでしたね」

「なんでそうなる。やめろって言ってるんだよ、人の話を聞け」

「私は《女神》です」

テオリッタはわかりきったことを言う。

もう泣いていない。

「人の役に立つために生まれました。そのことを恥じるつもりも、自らを憐《あわ》れむつもりもありません──皆、そのように迎え入れてくれます。なのに、あなたはなぜ？」

「俺は《女神》が嫌いなんだよ。昔、誰かのために死んでもいいっていうやつがいた。そういうの見てると腹が立ってくる」

もう言い訳ができなくなった。俺は開き直ることにしたが、それをテオリッタはわかっていたようにうなずいた。

「それは、あなたが仕えていた、前の《女神》ですか？」

「そうだ。よくわかったな、俺が殺したよ」

「本人が、それを望んだのですね」

テオリッタは正解を言い当てた。

事情なんて知らないのに、よくもまあそこまで断言できるものだと思う。

「わかりますよ、私にも」

「何がわかるって？　俺には人のために命を捨てるなんて考え方、少しも理解できねえよ」

我ながら破綻したことを言っていると思う。

その考えを受け入れて殺したのも、俺だからだ。そして当然、そんなことはテオリッタにも伝わっている。

「いいえ、わかります。私も《女神》ですから。——あなたが私を案じていることも、それゆえに『嫌い』などという言葉を使っていることも、いま理解できました」

「だったら、俺が……どれだけ《女神》に腹を立ててるか、わかってるんだろう」

「はい。ですが、あなたが私をどう思っていようが、関係ありません」

テオリッタは微笑んだ。

それはひどく強気な、どこか挑戦的な笑みだった。

「私はみんなに褒められたい。賞賛されたい。《女神》はそういうものとして生み出されたのかもしれませんが、それでも、私は私を偉大な存在だと思って生きていたい。残念でしたね、ザイロ。いくらあなたが我が騎士でも、私の願いは止められませんよ」

「そうか」

と答えた俺はきっと、だいぶ間の抜けた顔をしていた。

たしかに、テオリッタを憐れむとか、歪んだ存在に感じるなんてのは、外から見た俺みたいなやつの『客観的』な戯言だ。当の本人にとってみれば、そんなのクソ喰《く》らえってところだろう。ほかでもない、自分自身がそうありたいと思っているのだから。

「わかったよ」

俺はまだ《女神》の在り方を不愉快だと思う。

それでも、少なくともこれだけは認めなければならないだろう──《女神》テオリッタは、なかなかたいしたやつだ。こいつはこいつのルールで生きようとしている。たとえどれだけ傷つくことがあろうともだ。

俺はテオリッタの頭に手を乗せた。

「言いたいことはまだ山ほどあるが、偉大な《女神》の祝福の力をお借りしようじゃねえか。ここから地獄みたいな戦いになるぜ、覚悟はいいな？」

「んっ。ふふ、望むところです」

テオリッタは俺の手を乗せたまま微妙に頭を動かし、強引に髪を撫でさせた。

「あなたこそ、行いに気をつけなさい。我が騎士らしく振る舞うことです！　特にその野蛮な態度には大いに問題がありますから」

「大きなお世話だ」

俺は思わず笑ってしまった──その瞬間だった。

「ザイロ！」

ノルガユ陛下は、剣を手に立ち上がった。

「配置につけ。また来たぞ！　一歩も近づけるな！」

「そりゃまた無茶な命令だな」

この男は、他人に命令するのを当然だと思っている。あとは「家臣」どもが死力を尽くして成し遂げるだろうと。なんて気楽なやつだ。

俺は地面を軽く蹴る。

反響——先ほどよりもずっと多い手ごたえを感じる。

「き、来たっ」

鉱夫の一人が叫んだ。

先ほどとは違うことが一つ。聖印の守りを刻んだ柵がある。これに囲まれた空間は、たとえ地中を移動していても、異形《フェアリー》どもは侵入できない。しようとすれば光に焼かれる。そういう防御だ。

「では、こちらも参りましょう」

テオリッタは尊大に胸を張り、顔を上げた。

空中を撫でると、さらに数本の剣が現れ、地面に突き立つ。

「我が騎士、これで足りますか？」

「ああ」

もうテオリッタに文句をつけることはやめる。そもそも人間ごときが《女神》のやることを止められるものか。

そして、俺はそんな《女神》の聖騎士だ。

「ザイロ。私の献身が気に入らないというのなら」

献身、という言葉を、テオリッタは使った。

「あなたが私を守れば良いのです。あなたにとって不愉快なことにならないように、努力なさい」

「そうだな」

なかなか笑えるようなことを言ってくれる。

自称・国王に、《女神》に——俺の周りには偉そうなやつばかりだ。俺に選択肢はない。テオリッタが呼び出した剣を引き抜き、素早く投げる。

閃光と、爆破。距離をとった投擲なら、爆破の威力もそれなりに大きくできる。ボガートをまとめて吹き飛ばす。硬質な殻が粉砕され、土くれと混ざって絶命する。それを三度もやれば、やつらだって躊躇《ちゅうちょ》するような動きも出てくる。

（いつもうまくいく。俺ならやれる）

実のところ、ベルクー種雷撃印群は、この手の防衛戦に向いている。

いくらでもやれる。派手に叩き潰せる。鉱夫たちも奮戦しているし、タツヤは言うまでもない。

ノルガユ陛下の叱咤《しった》激励も、まるで無意味なわけではない。

寄せてくるボガートを、剣の柵が遮断する。

「う゛——うぁ——」

俺が剣を投げる傍らで、タツヤは雄叫びをあげていた。

「あああああうううう！」

すさまじい運動量。疲れを知らないように飛び跳ね、戦斧を振り上げる。横に薙《な》ぐ。さらには突っ込んできたボガートに拳を打ち下ろすようなこともやっている。いったいどういう拳をしているのか、それなりに硬いはずのボガートの殻を砕き、その頭部を潰してのけた。

束の間、そのタツヤと目が合った気がする——俺は笑った。

お互い、なかなか調子が出てきたじゃないか。だから俺も一瞬だけテオリッタを振り返る。

「テオリッタ。お前に覚悟があるのなら」

俺は片手を伸ばし、また新たな剣を引き抜く。

「騎士の指示には従えよな。まず、お前が命を懸けるような場面は、俺が決める。それと——」

剣を投げる。外すはずがない。また爆破。

「お前が死ぬときも、俺が指示する」

「ええ」

テオリッタの返答には屈託がなかった。

「そうであるべく生まれましたから。当然でしょう、我が騎士」

手放しの信頼。

あまりにも重たすぎる。だが、そいつはいまの俺に必要なものだった。そのくらい重たい方が、やる気が出る。

「よし！　突撃せよ、者ども！」

優勢になり、気が大きくなったのか、ノルガユ陛下が余計なことを叫んだ。

「脱出へ向けて進軍である！」

「よせ、陛下」

たしかにボガートの数は減っており、突破できそうに見えたが、俺は慌てて止める。

「防戦だから有利なんだ、いまここで——」

言いかけて、俺はまったく偶然にも、ノルガユ陛下の言葉がある意味で正しかったことを知る。

(なんだ？)

予兆は、軽い耳鳴りだった。

最初はザッテ・フィンデによる爆破の余韻かと思った。するどく突き刺すような、金属質な耳鳴り――それは、あっという間に大きくなった。

鼓膜の奥で、痛みを感じるほどに。

その音は、誰かの悲鳴に聞こえた。あるいは声――誰かの声か？

(違う。まずい。聞くな！)

俺はこういう攻撃を知っていた。

思わずその正体をたしかめそうになったが、耳を塞いで止めた。周囲に素早く目をやれば、鉱夫たちも同様の『音』を聞いている。痛みを感じているはずだ。そろってその場に倒れ込んでいる。

ノルガユ陛下も苦悶《くもん》の顔でうずくまっていた。取り落とされたカンテラの聖印が明滅している。

タツヤだけが一人、ただ機械的に残ったボガートを叩き殺していた。

だが、次の脅威が迫っていることは確実だ。

「……テオリッタ！」

俺は耳をふさいだまま彼女を振り返る。

テオリッタは俺の手を握った。それで痛みが少しやわらぐ。音も遠のく。《女神》が持つ、守りと癒《いや》しの力だ。

「どうやら、こちらに来たようですね」

テオリッタは強気な笑みを浮かべたつもりだっただろう。

もしかしたら俺たちを勇気づけようとさえしたのかもしれない。なんてやつだ。とはいえ、青ざめた顔では、その効果は望めない。

「魔王現象の主です」

闇の奥で何かが蠢いた。それは無数の触手に見えた――あるいは樹木の蔓《かずら》か。

そいつは、甲高い叫びをあげた。さっき、かすかに聞こえた声の意味がわかる。それが伝わってくる。音ではなく、感覚で。

(見つけた)

と、そいつは言ったのだ。

(見つけた)

そう、繰り返し叫んでいる。

テオリッタの存在を、闇の奥から何かが捉えていた。

刑罰：ゼワン＝ガン坑道制圧先導 顛末

ひどい耳鳴りだ。

テオリッタによる防御があっても、まだ苦しい。

それだけこいつが、精神に働きかける能力の強い魔王なのだろう。何かを脳の奥で叫んでいるような気がしてくる。苦しんでいる――あるいは泣いている。寂しさにも似た何かが、脳の真ん中を突き刺してくるようだ――いや。

それは違う。

(気にするな)

俺はあえて意識からその声を締め出す。

そうしなければいけない。こういう攻撃を行う魔王現象には、遭遇したことがある。人間の精神を「汚染」する魔王。

鉱夫の長が言っていた。五十人いた鉱夫が一人ずつ減っていった話。真夜中に声が聞こえて、呼び出されたという。この声は、人間にそういう行動をとらせるのだろう。

「動くな！」

俺は周囲に怒鳴った。

鉱夫たちはその場でのたうち回っているか、あるいは、その苦痛に耐えて立ち上がろうとしている。俺はそのうち一人を捕まえた。

「動くな。寝てろ」

「ま、待って……」

そいつは何かを訴えるように手を動かした。

「――あっちから、声が、何か聞こえませんか？　何か言ってますよ！」

闇の奥を見つめ、不安そうに頭を掻《か》きむしる。俺はそいつの頭を掴んで押さえた。

「そりゃ気のせいだ。聞くな」

「聞こえるのに、わからないんです。な、なにを言っているのか……！」

「あっちに行ったら死ぬ。それはわかるだろ」

闇の奥から触手が伸びている。

植物の蔦《つた》に似ている、というよりそのものだ。異形《フェアリー》化した植物だろうか。俺が知っているどんな異形《フェアリー》とも見た目が違う。それにデカい。あれがこの魔王現象の本体か？　丸太のように太い蔦。あんなものの直撃を受けたら、人体はひどいことになるだろう。

タツヤが一人、人間とは思えない運動能力で跳ねまわり、蠢く触手を叩き切っている。

「だけど、な、なにか」

動揺している鉱夫には、まるでそれが見えていないようだ。

「何か言ってるんですよ！　でも、あれが、なにか、あ、あっ、あっ」

激しく耳をひっかく。血が噴き出すほど強く——そして、俺を突き飛ばして出ていこうとする。

仕方がなかった。

俺はそいつを殴りつけ、地面に叩きつけた。

(防戦は無理だな)

俺はそう結論づけるしかなかった。

みんな耳を押さえて倒れている。動けるやつは、よろめくように魔王へ近づこうとする。俺はそれを捕まえて、殴り倒す必要があった。

この耳鳴りに耐えられるほど精神の強いやつは、声を聞くことになる。

あの魔王現象が呼ぶ声だ。おそらくは、耳鳴りではなくその『声』が本命の攻撃だろう。どっちにしても相手を行動不能には追い込める。寄ってきたやつはそのまま殺して食うつもりか。

いまの俺にこの手の攻撃の効果が鈍いのは、テオリッタがいるからだ。

契約している《女神》との、ある種の繋がりがある。《女神》の精神を守っている力が、俺を狂気の手前で保っている——あとは剣の柵のおかげだ。ノルガユの守りの聖印が機能している。タツヤがなんの問題もなく動けるのはまた別だ。

このままでは全員死ぬ。そうはいくか。

「作戦を変えるぞ、攻撃だ！　おい、陛下！」

俺は一本の剣を、地面から引き抜いた。ついでにノルガユを蹴とばす。やつは白目を剥いて、唸り声をあげていた。

「起きろ、働け！」

ノルガユが放り出したカンテラを、殴りつけるように頭に押し当てる。

そいつには多少は強力な守りの聖印が刻まれていたはずだが、あまり効果はなかった。ノルガユはかすかに呻き、カンテラを握りしめたが、とても動けそうな状態ではない。

「わ、我が玉座……玉座を……」

うわごとのような言葉が漏れた。

「簒奪するつもりか……賊め！　皆殺しだ！　簒奪者ども！」

ダメだ。いつもの妄想が余計にひどくなっている。使い物になりそうにない。

（鼓膜を破るか？）

それで音が聞こえなくなり、影響から脱することができるなら、試してみてもいい。

ただ、音は耳だけで聞くものではないし、相手は魔王現象だ。どんな理不尽な能力を備えているかわからない。だいいち、そんなことを試してみる暇はない。

「くそ！　テオリッタ！」

「ええ」

テオリッタは俺の腕を摑んだ。すでに、その指先に火花が散っていた。

「願いを言いなさい、我が騎士。《女神》ですから、叶《かな》えて差し上げます」

「ここから狙撃して、タツヤを援護する」

聖印による守りの柵から出たら、この耳鳴りはひどくなるだろう。動けなくなるだろうか？　それだって、試してからでは遅い。

「タツヤならやれる。剣の補給を頼む」

「その調子ですよ、我が騎士。この私に頼りなさい」

テオリッタがさらに剣を生み出す。鋭利に輝く刃。投擲に向いた、細身の剣。

(久しぶりの射撃戦だな)

かつての俺なら、もっと強力な聖印を使うことができた。最大射程も、破壊範囲も大きな『カルジッサ』。城壁すら貫通する『ヤーク・リイド』。

いまはどれも無い物ねだりにすぎない——俺は右手に力をこめ、剣を振りかぶる。

タツヤが暗闇の奥へと跳ねるのが見える。やっぱり、あいつにはこの耳鳴りは効かないようだ。

ただ魔王現象を捕捉し、攻撃するというだけの、人の形をした兵器。

だから、勇者は魔王に対抗するための存在だったのかもしれない。

「タツヤ！」

剣を射出し、俺は怒鳴った。

「そのまま前進しろ！　魔王を殺せ！」

俺の投げた剣は、さすがに蠢く触手は外したものの、その土壁に突き刺さった。

ザッテ・フィンデの破裂の光が闇を焼く。手近な触手を吹き飛ばし、血のような樹液が散る。悲鳴のような耳鳴りはいっそう強くなり、思わずよろめくほどだったが、危ないところでテオリッタに支えられた。

「やはり、私がいてよかったでしょう」

と、その火花を散らす眼が言っている気がする。いまは文句を返している余裕がない。次を、その次を、剣を射出してタツヤの前進を援護する。

(やっぱりダメだ、柵からは出ない方がいい)

援護しかできない――それでもタツヤならば。

俺は次の剣を投げ放つ。

さらに次、その次。

テオリッタが虚空に呼び出す剣も、狙いは雑だが量は多い。たちまち触手を引きちぎっていく。

タツヤの進撃経路を文字通りに切り開く。ボガートどもに邪魔はさせない。

暗い地下道に光と炸裂音《さくれつおん》が連鎖する。強烈な陰影とともにタツヤが跳ねる。それはまるで人間ではなく、異様に手足の長い怪物が踊っているようだった。

「ゔ」

やがて、タツヤは到達する。半端に開いた口から、唸り声に似たものが漏れていた。

「ぅあっ」

タツヤの戦斧は手旗のように目まぐるしく旋回し、触手を切り散らす。

そして、その根元へ――球根のような塊。

だが、違った。

（本気か？）

俺は自分の失敗を悟った。

タツヤが振り回し、戦斧を叩きつけたそれは、ただ引き裂かれて爆ぜただけだった。触手が止まらない。本体でもなんでもなかった。

あれは疑似餌みたいなものか？

だとしたら、

「ぶ、ぐっ」

背後でくぐもった声。

鉱夫の長の男だ――土壁に叩きつけられ、悲鳴をあげた。地中から触手と、その塊が覗いていた。いまタツヤが破壊したものよりも大きな塊だ。

（侵入されたな。もう時間切れか……！）

守りの柵に使っていた剣が、何本かへし折られていた。ノルガユの刻んだ聖印はもう光を発していない。単純に出力切れだ。蓄えられた光が切れたら、いくら陛下謹製の聖印でも効果はない。鋼に内蔵された天然蓄光を使い切ったのだろう。

俺はナイフを引き抜き、振り返る。

土を砕いて現れた巨大な塊の中から、ぎょろりとした瞳が現れた。

（これは目玉だ）

それとも心臓か――とにかくこっちが本体に違いない。触手を伸ばし、さらに鉱夫の一人を掴んで、振り回す。地面にぶつかって首が折れるのがわかった。

畜生。

俺は本体を狙おうとするが、振り回される蔦の触手の数が多すぎる。さすがに、ちゃんと防御を固めていやがる。これをかいくぐれるのは、タツヤくらいじゃねえのか。

「ザイロ！　こちらにも」

テオリッタが叫んで、俺の腕にしがみついた。触手が蠢き、こちらを狙っていた。俺は剣を振う。引き裂くと同時に爆破する。

(俺も大人気だな。忙しすぎる)

聖印で守られた空間の内側は、もう蹂躙されかかっている。

ちょっと手が足りない。タツヤは通路の向こうで触手どもと格闘しているし、ここにいるのは動けない鉱夫たち、《女神》、俺、ノルガユ国王陛下。

「あああああうううううぅぅぅぅ！」

ノルガユに至っては叫びながら地面に頭を打ち付けている。

「すべて余のものだ！　この国家はすべて余が庇護する！　渡さんぞ、簒奪者め！」

いまのノルガユを役に立たせるのは無理だ。精神に対する干渉が完全に悪い方向に出ている。人の話を聞ける状態ではない。

そして、この手の状況の悪化は連鎖する。

「――いたぞ！」

鋭い声。たくさんの足音。

キヴィアだ――そして聖騎士団。俺たちが来た方の通路からやってくる。

「《女神》テオリッタだ。追及は後だ――ザイロ、いま救援する！」

「やめろアホ、来るな！」

と、俺は怒鳴った。キヴィアの真面目さを、むしろ怒鳴り散らしたい。この魔王の「声」の射程に入らせるわけにはいかない。だが、それを止められるか？

（全滅かよ）

その可能性が急激に高まりつつあった。テオリッタが俺の腕を摑んでくる。

「ザイロ」

何かやる気だ。火花が散っている。

「私に願いなさい。《女神》の出番でしょう」

剣を召喚するのか――それも大量に？　この触手をすべて断ち切って、本体の目玉――だか、心臓だかに突き立てるのか。

できるか？　あるいは別の方法が？　テオリッタの髪から火花が止まらないことから、こいつも限界が近いはずだ。決断するべきか。俺は躊躇った。

その一瞬の間に、ノルガユが叫んだ。

「――簒奪者め！」

どうやらノルガユ陛下の精神は、そのあたりで限界に達していたらしい。

聖印によって輝くカンテラを掲げ、その蓋——のような部分を捻る。緩んだ蓋の隙間から青白く冴えた炎が溢れ出そうになるのが見えた。あれはたぶん、そうだ、補給物資を設置しようとしたときに言っていた物騒な仕掛けか。炎が噴き出す罠。

そうして炎が瞬いた途端、魔王現象本体が目を見開き、痙攣《けいれん》しながら後退した。

その有り様を見て、思いついたことがある。

（炎か！）

こいつは植物型の魔王だ。炎が弱点ということはあり得る。強力な一撃はいらない、ただ炎で焼くことができれば。

「おい、陛下！　そのカンテラを」

だが、俺が声をかける前に、魔王の蔦が蠢いた。ノルガユの足を捉える——牙のような棘の生えた蔦。ノルガユの対応は間に合わない。

ばぢっ、という断裂音。

カンテラの蓋を捻り終える前に、その蔦は一撃でノルガユの右足を引きちぎっていた。ノルガユが絶叫し、カンテラがその場に落下する。俺はそれを確保しようと跳ぶ。

魔王が身をよじって、少しでもカンテラから距離をとろうとする。素早い。間に合うか。いや、全速力で、一か八かをやるしかない。目の前で躍るあの棘の触手をかいくぐって。

（逃がしてたまるか。腕の一本や二本は——）

犠牲にしてでも。

そう思った瞬間、足元を地鳴りのような音が駆け抜けた。

何かが削れ、砕けていくような響き。

なんだ、と思う間もなく、地面から蔦が引きずり出されていく。ちょうど芋の根をまとめて引き抜くときのようだった。おかげで後退しようとした魔王の動きが止まった。頭の芯に響くような叫び声をあげ、自らの蔦の触手を引きちぎらんばかりにもがく。

一瞬だけ振り返ったとき、その原因が見えた。

「ぐるるっ」

タツヤだ——信じられない。

どういう腕力をしていやがるのか、やつは無造作に蔦の触手の一本を掴み、そいつを思い切り引っ張っていた。魔王を決して逃がさないとでもいうように。肩の筋肉が隆起し、膨れているようにも見えた。

「ごぉぉぉぶあぁぁぁあああああ！」

タツヤの意味不明な怒鳴り声。いや、いまはその意味もわかる気がする。なんとなく。つまり、『さっさとこの魔王をぶち殺せ』だろう。

俺も大いに賛成だ。苦し紛れに振り回してくる蔦を見据える。

「テオリッタ！」

「ええ」

短い応答。《女神》と騎士はそれで通じる。

「仕留めなさい、我が騎士」

テオリッタの声。虚空に剣が生じる。今度は湾曲した刃を持った、鉈《なた》のような曲刀だった。俺はそいつを摑み、振り回される蔦を切り払った。さらに次が来るが、もう無意味だ。

すでにノルガユの落としたランタンを拾っている。

「焼け死ね、クソ野郎」

俺はランタンの蓋を捻った。

青白い炎が迸《ほとばし》ると、それは容赦なく魔王現象の本体を焼いた。瞬く間に燃え上がり、暗闇が眩しいほどに照らされたのは十数秒ほどだったか。やつの耳障りな『叫び』が消えて、灰となるには十分な時間だった。

誰も言葉を発せなかった。駆けつけてきたキヴィアたちは事態が摑めず呆然としていたし、ノルガユもそれどころではなかった。例外はタツヤだけだ。

「が、……ふぁ」

という欠伸《あくび》のような声を漏らし、その場に膝をついた。さすがのあいつも疲れたのだろう。

俺はといえば、ただ光を失った手元のランタンと、そこから迸った炎の直撃を受けた魔王――その周辺の壁と地面を眺めていた。細かい石が赤熱し、溶けている。

こんな危険な罠を補給物資に仕掛けようとするアホは、ノルガユしかいない。

――その後のことについては、特筆すべきことは何もない。引きちぎられた陛下の足は、棘のせいでズタズタになり使い物にならなくなったという笑い話くらいだ。陛下はそのまま出血多量で修理場送りとなった。

ただ正直、この先のことを考えると気が重い。

言い訳のしようもなく、俺たちとテオリッタはいくつもの規定に抵触した。

待機指令：ミューリッド要塞 1

俺たちのような懲罰勇者に、休暇という概念はない。

本来なら拘束したうえで牢屋に閉じ込めておくのが正しい扱いだからだ。

しかし、待機という状態ならば存在する。刑務と刑務の隙間、あるいはさらなる罰が言い渡される準備期間だ。

許可されている区画以外は出入りを禁じられているが、多少は休息――に似た時間を過ごすことも可能だ。食堂で茶を飲んでもいいし、訓練設備を使ってもいい。タツヤなんかは日光浴ばかりしている。

それでも俺は外を出歩く気にはなれない。なぜなら、今日は俺たちが駐屯しているミューリッド要塞が賑《にぎ》やかすぎるからだ。

(面倒だな)

と、思う。こういう日は本でも読んで過ごすに限る。

懲罰勇者とはいえ軍の中にいれば、娯楽用の書籍を手に入れるのに苦労はない。よって俺は床に寝転がって、読書に没頭することにした。

今日は十日に一度の「大酒保」の日だ。

これは小さな市場といってもいい。いつもの要塞内常駐の売店ではなく、ヴァークル開拓公社の派遣商人たちがやってきて、日用品や嗜好品《しこうひん》の類を中庭で売る。人気があるのは、酒、煙草《たばこ》、手紙の配達サービス、甘い菓子の類。そんなところだ。

こういう商品を、兵士たちは「軍票」と呼ばれる疑似紙幣で買う。これはガルトゥイルが発行しているもので、実際の金の代わりに使える。後で各都市の行政庁舎に持っていけば、換金できるという保証がされた紙切れだ。

よって、大酒保にはかなりの兵士が集まる。もちろん第十三聖騎士団のやつらもそれに混じるし、俺は聖騎士団の連中と顔を合わせたくなかった。

それに、ノルガユ陛下の面倒を見るという仕事もあった――右足を失い、修理場からドッタとともに送り返されてきた陛下は、日常生活がなかなか大変そうだったからだ。

「総帥！　ザイロ総帥！　どこだ！」

大声で喚き散らしながら、ぎこちなく硬質な足音を響かせて、ノルガユ陛下は廊下を歩く。

「行商人が来ているぞ。余は酒を飲みたい！　赤ワインだ。買って参れ！」

修理場から戻って以来、ノルガユ陛下の妄想はさらに度合いを増した。俺のことを『総帥』と呼ぶようになり、タツヤは『将軍』だ。

記憶もかなり欠落してしまっているらしく、坑道でのことはほぼ何も覚えていない。俺たち勇者のことを親衛隊だと思い込んでいる。それに右足がどうしてもうまく再生しなかったらしく、木製の義足で代えている。ほかの死体の右足で代替するべく、神殿ではいま死体の選定中だ。すべて陛下の図体がでかいのが悪い。

「ザイロ総帥！　ここか！」

俺に割り当てられている部屋のドアを、ノルガユ陛下は勢いよく開けた。まだ全身のあちこちに包帯を巻いている——しっかり接着していない箇所があるのだろう。

「行商人が来ておる。余の酒をただちに買って参れ」

「陛下、金あるのかよ」

やむを得ず、俺は体を起こし、胡坐《あぐら》を組んだ。

「じつは我が王国の国庫は空だぜ、酒も買えない」

「なんだと？　それほどに困窮しているのか？　財務大臣はどこだ、何をやっている！」

正確に言えば、ノルガユ陛下の軍票は、たとえ支給されてもあっという間に消滅する。酒や高級食品に使うからだ。物覚えの悪い本人はそれを覚えていない。

「そんなに酒が欲しいなら、借金でもして買いに行くんだな」

俺は妥当な解決策を示した。

「俺は暇じゃねえ、重要文献に目を通してるんだ。ベネティムにでも命令しろ」

「あの宰相はドッタの監視に当たっておる」

「そうか」

そういえばそうだ。

ドッタが戻ってきて、そして今日が大酒保の日なら、監視役が必要だ。鎖を巻き付けたうえで見張る必要がある。ベネティムは名目上の指揮官なので、その仕事を押し付けられていた。タツヤにそんな仕事はできないからだ。

「じゃあ、ツァーヴだな」

俺はもう一人、別の任務から戻ってきたばかりの男の名前を挙げた。

「あいつに借りればいい」

「ツァーヴなどまったく当てにならん。金遣いが荒すぎるし、賭博に弱すぎる。とっくに使い果たしているのではないか」

「いや、ついにこの要塞でも賭場への出入りが禁止されたらしい。今日みたいな日じゃなきゃ使い道がない。急げばまだ間に合う」

「やむを得んな」

陛下は重々しくうなずき、踵《きびす》を返《かえ》した。これで騒がしいやつの相手をツァーヴに任せられる。

ツァーヴというのは、うちの狙撃兵だ。

腕の立つ男ではあるのだが――懲罰勇者部隊にぶち込まれたのだから、その人格は推して知るべしといえるだろう。元・殺し屋のクソ野郎だ。

単独で西部の戦線に送り込まれていたはずだが、その仕事はうまくいったのだろうか。いちおう手足が揃ったまま戻ってきたのだから、役目自体は果たしたのかもしれない。標的を撃ち抜くことには成功したか。

――ともあれ、これで静かになった。

俺は再び横になる。大酒保がお開きになる時間まで、あとはここで暇を潰していよう。と、思ったときに限って、次から次へと騒がしいやつがやってくる。

「我が騎士！」

軽い足音とともに飛び込んできたのは、《女神》だった。

「ザイロ、ここにいたのですね。探しましたよ」

「なんだよ」

「あなたは大酒保には行かないのですか？　買い物に出ていると思っていました」

「聖騎士たちに会いたくねえんだ」

顔をしかめられるだけならともかく、因縁でもつけられたらたまらない。あるいは皮肉や、嫌みを言われるとか。

(冗談じゃねえな)

そうなれば、俺は自分の我慢強さを信用していない。

「では、起きて私と遊びなさい」

テオリッタは偉そうに、寝ている俺の顔を見下ろした。影が落ちる。

「テオリッタこそ、大酒保には行かないのか？」

「……私は《女神》ですから！　ああいうものに、興味などありません」

絶対に嘘だ、と思ったが、仕方がないかもしれない。

確かに《女神》が大酒保を自由に利用できるかといったら、そういうわけにもいかない。《女神》としての威厳が失われないような言動を求められるため、聖騎士や神官の許可や監督がいる。察するに、キヴィアも、あの従軍神官も忙しいのだろう。主に俺やテオリッタの、これからの処遇を決める必要があるからだ。

「あなたも暇なら、ザイロ、私と遊ぶ名誉をあげましょう。……嬉しいですよね？」

そう尋ねるテオリッタの片手には、小さな箱が抱えられていた。遊戯盤と、駒のセットが入っているやつだ。

地方によって多少は異なるが、この手の遊戯盤はだいたい『ジグ』と呼ばれている。印のついた駒を動かして互いに陣地を奪い合う。ルールが簡単なため、子供から大人まで遊ぶやつは遊ぶ。いい暇潰しだ。軍でも嗜《たしな》むやつはそれなりにいるし、賭けの対象にもなったりする。

俺も嫌いではなかったから、『ジグ』の遊び方について、待機命令で時間を持て余していたテオリッタに教えてやったのが三日前。

それ以来、暇さえあれば盤を持ってやってくる。やってしまった、と思ったがもう遅い。

「私も特訓を積みました。そう簡単には負けません」

「昨日の夜にやったばっかりだろ」

「先ほどベネティムを相手に、高度な戦術を学んだのです。ふふん。これはかつてメト王国の宮廷で使われていた、由緒正しき『忍び槍』という戦い方で――」

ベネティムが相手ならたぶん騙されているのだろうな、とは思ったが、余計なことを言うのはやめた。由緒正しい戦術ということは、時代遅れということだ。

さっさと盤に駒を並べようとするテオリッタを、俺は片手で制する。

「俺はいま忙しいんだ。本を読んでる」

「えぇー……本ですか？　本なら後で読めばいいではありませんか」

とは言いながら、テオリッタは俺の読んでいるものに興味を示したようだった。手元を覗き込んでくる。

「ザイロが読書好きとは意外ですね。何を読んでいるのです？　面白いお話ですか？」

「詩だよ。詩集」

「詩集！　……ザイロ、……あなたが？」

えらく驚かれた。テオリッタの目が丸くなった。本当に意表をついたようだ。なぜそこまで驚かれる必要があるのだろう？

「どんな詩集なのです？　気になりますね。私に読んで聞かせる栄誉を与えます」

「断る」

「むっ」

俺の即座の拒絶に、テオリッタは一瞬だけ頬を膨らませた。

「でしたら、読み聞かせは結構です。私も一人で読めます……隣で一緒に読むくらいはいいでしょう！　……いいですよね？」

「いや。たぶん、《女神》様の気に入るような詩集じゃない」

俺は本を閉じる。詩集の名前は『竜酔』という。古い時代の詩だ。

「こいつはアルトヤード・コメッテ。酔っ払いの詩人だ。宮廷をクビになって、山の中で隠遁《いんとん》したやつ――晩年はドラゴンになりたいって妄想が始まって、夜な夜な飛ぶ練習をして、しまいには墜落して死んだ」

「はあ。……変わった方ですね」

「この時代の詩人はそういうやつが多い」

俺が好きなのも、そういう詩だ。軍人にならなかったら、俺も詩人を目指してしまっていたかもしれない。気楽そうに思えたからだ。

「まあいいや。そんなに暇なら、『ジグ』で相手になってやるよ」

隣で本を読まれては、俺も落ち着かない。遊戯盤を挟んで向かい合うことにする――どうせ大酒保が終わるまでの暇潰しだ。

「ええ！」

と、テオリッタが笑顔を見せたときだった。

「……ザイロ・フォルバーツ」

部屋の入り口に、また新しい来訪者が姿を見せていた。

長身に黒髪の、見知らぬ女。誰だ――と一瞬思ったが、それは錯覚だ。いつも甲冑やら具足やらを身に着けていたから、軍服だと印象が違っているせいだ。それに黒髪も編んでまとめている。

キヴィアだ。たった一人で、供を連れていない。

ということは、強制連行ではなさそうだ。……だったら、何の用がある？

「大酒保ではなく、ここにいたのか。……《女神》テオリッタも一緒とは思わなかった」

「高貴な聖騎士団長が、わざわざこんな場所までおいでになるとは」

俺は皮肉っぽい言い方になるのを抑えられなかった。

「ついに俺たちの処遇が決まったのか、次の作戦の命令か？」

「……どちらも正解ではある。ただ、私の用は違う」

キヴィアはわずかに眉をひそめた。俺の言い方が気に食わないのかもしれない。

「ついてこい、ザイロ」

「どこに？　地下牢の拷問室か？」

「違う」

俺の冗談を、キヴィアはまるで理解していないようだった。生真面目に否定する。ただ、その後に出てきた要求は予想外のものだった。

「私は、……貴様と話がしたい。場所はどこでも構わない」

そうしてキヴィアは俺をするどく睨みつけた。なんだか決闘でも申し込まれているようだ、と俺は思った。

「どうだ。応じるのか。断るのか。返答しろ」

なんだそりゃ、と思った。思ったが、よく考えると俺に拒否権はない。

「構わないけど、どこで話をするか、場所を指定してもいいか」

「聞こう。可能な限り応じる」

「中庭の大酒保で。買い物したいんだ。それに、テオリッタを一緒に連れていく」

「えっ！」

「む……」

どういうわけか口ごもったキヴィアとは対照的に、テオリッタが弾かれたように顔を上げた。瞳が燃え上がっている。その期待する目で俺とキヴィアを交互に見る。

「ザイロ、キヴィア、ぜひ話をしましょう。いますぐしましょう！　それがいいと思います！」

「……いや。わかった」

おおよそ十秒ほどの沈黙ののち、キヴィアはうなずいた。

「貴様の希望に応えよう。……中庭へ行くぞ！」

その宣言は、まるで進軍の合図のようだった。

待機指令：ミューリッド要塞　2

俺たち勇者が暮らす――もとい収容されているミューリッド要塞は、北方領域から王都への道を遮るために築かれた。

川と崖によって守られた、天然の要塞といえる。別名を『渡り鳥の巣』。おかげで景色だけは抜群にいい。特に尖塔《せんとう》から眺めるカドゥ・タイの大河は、夕暮れ時が絶景だ。

この大河カドゥ・タイは、要塞の生命線でもある。港湾都市ヨーフからの補給を受け、北部からやってくる魔王現象に先行対処する、重要な防衛拠点とされてきた。近年の魔王現象の増加と、相次ぐ国土の喪失に伴い、その重要性は上がり続けている。

と、いうわけなので、あのがめついヴァークル開拓公社が黙ってはいない。大酒保に派遣してくる商人の数も多く、兵士の士気を保つための物資も充実している。

「あとは女さえいれば」

と、いうのはドッタやツァーヴの意見だが、たとえそういう店があったところで、懲罰勇者に利用許可が出るはずもない。手元に入ってくるわずかな軍票は、賭博や酒に消費するのが関の山だ。

「ほら！　見なさい、ザイロ」

テオリッタは立ち並ぶ店の間を、跳ねるように歩く。

露店には派手な色合いの看板や旗、布切れが飾られ、ミューリッド要塞の味気ない中庭も、ちょっとした祭りのようだった。それがテオリッタをたまらなく楽しい気分にさせるらしい。

「あれは食べ物ですか？　それとも何かの飾りでしょうか」

テオリッタが指差したのは、真紅の飴細工だった。形はイチゴを模しているのだろうか。太陽の光の加減によっては宝飾品に見えなくもない。

「飴だ。ああいうのは、見たことないのか？」

「私が作られた時代にはありませんでした。まるで貴石のように見えますね」

テオリッタはその飴細工に見入る。

好奇の目だ。なるほど。彼女たち《女神》がつくられたのは、大昔、少なくとも三百年以上は昔だったと言われている。神殿では千年前の神代に生まれた、最後の神々の娘たち――という設定で話がなされることもあるが、確実に嘘だ。

《女神》は間違いなく人間がつくった、と俺は思う。

そうでなければ、どうして人間に都合のいい、彼女らの言う「献身」を発揮するというのか。そのあと何があったのかは知らないが、《女神》をつくる技術は忘れられるか秘匿され、いまに至るのだろう。魔王による打撃が大きすぎたか、人間同士の争いのせいか。

その辺の歴史は詳しくないし、興味がなかった。

少なくとも、いままでは。

「では、ザイロ、あちらは？　いい匂いがします。あの細長い食べ物……」

「焼麵だな。西方の料理で、細長くした小麦をバターと醬《ひしお》で焼く」

「なるほど！　ならば――ええと、あれです！　あちらにも人がたくさん並んでいます。ほら、熊の看板の！　人気があるものですか？」

「あれは……」

人が並んでいる。しかも、女性兵士ばかりであるように見えた。

ということは、何かの菓子類だと思うが、人が多すぎてよくわからない。露店の看板には、たしかに大きな熊らしき動物のマスコットが描かれている。

「見たことがないな。なんだ？」

「知らんのか。あれはミウリーズ・クリームだ」

俺の疑問に、意外なところから回答があった。キヴィアだ。

「第一王都で高い人気を誇る、氷菓子の名店だな。泡立てたクリームを凍らせて、蜂蜜やナッツをまぶす。非常に美味だ。そしてあのかわいい熊はマスコットで、名前は現在募集中となっている」

「なるほど！　素晴らしいですね、文明の発展を感じます！」

と、テオリッタは目を輝かせた。

「おいしそうですねっ、ザイロ！　すごくおいしそうです。知っていましたか？」

「初めて聞いた。最近の店か？　というか、キヴィア、意外に詳しいな」

「……何が意外だ」

俺の感想は、どうやらキヴィアの機嫌を損ねたらしい。

「私も氷菓子くらいは食べる。そこに何の問題がある？」

「別に問題とは言ってねえけど」

「私があの手の菓子を食べていることを批判するつもりなら、覚悟しろ！　なんだ？　私が氷菓子を食べたり、あの手のマスコットを刺繍《ししゅう》した製品を所持していたりしたら悪いのか？　マスコットの命名募集に応募していたら悪いのか！」

「だから、そんなこと一言も言ってねえだろ」

俺の発言は、どうやらキヴィアの過去のなんらかの記憶を刺激したらしい。

その手のことでからかわれたことでもあるのか。たしかにこいつが、あのマスコットの命名に応募しているというのは驚いた。なんというか、そういう印象が――

「おい、貴様、いま何か考えたな？」

「考える内容まで検閲するなよ……」

俺はそれ以上余計なことを言わないようにする。まったく理解できないところで機嫌を損ねてしまいそうだ。こういう相手はどこに地雷があるかわかったものではない。

やむを得ず、助けを求めてテオリッタを見る。だが、やつは並ぶ露店をずいぶん真剣に見つめていた。やけに静かだと思ったら。

「ザイロ」

テオリッタの小さな手が、俺の腕を引いた。その視線は例の氷菓子の店に釘付《くぎづ》けだった。

「いかがですか。あれを食べたくありませんか？」

妙な言い回しをするものだが、これは実に《女神》らしい、というかテオリッタらしい。

あくまでも自分ではなく、俺が食べたがっているものを買ってやるという形にしたいのだ。そういう変な自尊心——あるいは羞恥心のようなものがある。

「じゃあ、買うか。テオリッタもどうだ？」

「——ええ！　《女神》として、我が騎士からの貢物を断ることはできませんね」

「じゃあ、お前のセンスで美味そうなやつを二つ——いや」

軍票を手渡しながら、俺はキヴィアを振り返った。

「三ついるか、キヴィア？」

「私は、……結構だ。軍票は浪費せずに貯蓄する。長期的な予算計画を組んでいるからな」

冗談のつもりだったが、若干の懊悩《おうのう》の後、とてつもなく真面目な顔で返答された。

仕方がないので、俺はテオリッタに軍票を差し出す。この《女神》のことだから、自分で買い物をしたいだろうな、と思ったからだ。

「テオリッタ、買ってきてくれるか？　これで二つだ」

「ええ！　仕方がありませんね、私に任せておきなさい！」

テオリッタは嬉しそうに駆け出した。金色の髪がなびくほどの軽快な足取りで、氷菓子屋の行列に並ぶ。そうなると兵士たちの注目が《女神》テオリッタに集まった。

本人は至って澄ました顔で、その視線を当然のものとして受け取っているように見える。

「……ザイロ。言っておかねばならないことがある」

テオリッタの背中を睨むように見つめながら、キヴィアは俺の名前を呼んだ。どうやら本題に入りたいらしい、というのがわかった。

「私は貴様たちに対する認識を、多少改めた。貴様らは、単なる悪党どもというだけではなく、なんというか、その――」

「大悪党でクソ野郎のアホどもだろ。それは合ってる」

「それは違うだろう。少なくとも、貴様はな」

キヴィアは根本的に冗談というものを理解しないらしかった。無表情に否定された。

「忘れてはいない。クヴンジ森林で私の部隊の兵を助けた。ゼワン＝ガン鉱山でも、そうだ。本来我々が見捨てるはずだった、鉱山の民間人を救おうとした」

「助けられなかったやつの方が多いけどな」

「だが、実行した。私は敬意を払うべきだと思う。クヴンジ森林で負傷し、撤退した兵たちが礼を言っていた」

「そうか」

俺は少し笑った。ここ最近で、珍しくいい報告を聞いた気がしたからだ。

「生き延びたか。少しは意味があったんだな。話はそれだけか？」

俺は尋ねたつもりだが、キヴィアの返答はなかった。やつはただ鋭い目で、俺の顔を睨みつけていた。何かまた妙な地雷を踏んだのかもしれない、と俺は思った。

「なんで人の顔を睨んでるんだよ」

「馬鹿な。別に貴様の顔など眺めていない」

キヴィアは顔をしかめ、咳払いをした。

「ただ単に、貴様にもまっとうな笑い方というものが可能なのだな、と思っただけだ。いつも怒っているようだったからな」

「世の中、腹の立つことが多すぎるんだよ」

「……まさにそういう態度を改めれば――いや、いい。とにかく、貴様の能力は評価できるということが言いたかった。たしかに成果はあげている。……テオリッタ様も」

その名前を呼ぶとき、少し苦しそうな響きがあった。

「貴様と契約を交わしたことで、助かったのかもしれない」

「どういう意味だ？」

「……テオリッタ様は、北方の遺跡にて存在を確認された。冒険者どもによってな」

冒険者、という人種については、俺も知っている。

遺跡盗掘の専門家たちが、組合を作って勝手に名乗っている職業だ。もともとは「泥棒」という意味ぐらいしかなかった肩書だが、戦況がこうなってからは見方が変わった。とにかく危険な場所に踏み込んで、過去の遺物を掘り出してくるのだから、推奨しないわけにはいかない。

中には、今回の《女神》のような代物もある。

「その発掘の任務を、我々第十三聖騎士団が請け負った。しかし、管理運用の面で問題があった。

軍部と神殿の対立だ」

「そいつは大変だな。勝手にやっててくれ」

俺は鼻で笑ったが、キヴィアは怒ったような目を俺に向けた。

「なにを言っている。貴様に責任があることだ。貴様が、《女神》セネルヴァを殺したからだ」

「……何が言いたい？」

「軍部は一つの発想に至った。……《女神》が殺されるようなことがあるなら、逆に《女神》を増やすことはできないか、という点だ」

ろくでもないことを聞かされている、という気がする。

そしてこの話に関して言えば、キヴィアも同じ感想を持っているようだった。

「軍部はテオリッタ様の身体《からだ》の解析を希望していた。一方で、神殿はそれに反対の立場をとった」

身体の解析。

俺は推測する——いや。確信に近い。軍部ならば、必ず解剖をやるはずだ。殺さないように十分な注意を払ったうえで解剖し、《女神》の作り方の解明を果たそうとする。

（ガルトゥイルの連中なら、そうする）

殴りたくなるほどよくわかる。やつらは現実しか見ない。

「優勢なのは軍部の意見だったが、状況が変わりつつある。貴様らは、テオリッタ様が有用であると示した。この短期間で二つの魔王現象を撃破している」

「……だったら、いままでは？　どうだったっていうんだ？」

俺はどうしても尋ねたくなった。苛立ちを感じはじめている。キヴィアを問い詰めようとする言葉が止まらない。

「有用だと示したって？　テオリッタは、有用じゃないと思われてたのか？　なんでテオリッタが解剖される《女神》候補に選ばれたんだ？　まだ見つかったばかりで、その性能も何も——」

「剣を召喚する力は知っていた。テオリッタ様が発見された遺跡に、そう記されていたからだ」

キヴィアは努めて冷静であろうとしているようだった。

「いままでの十二の《女神》たちと比べても、数段劣る。中には上位互換といってもよい力を持つ《女神》もいる」

言いたいことはわかった。

軍ならそう考える。おそらく、神殿でも妥当な意見だと受け止めるだろう。未来の光景——雷や嵐——異界の英雄——あるいは兵器。そうしたものに比べると、テオリッタの「剣」というのは限定的すぎた。

「クソ野郎ども」

言ってから気が付いた。クソ野郎どもは俺たち勇者の方だ。

しかし、軍や神殿のやつらには言われたくない。

そこでようやく、俺はキヴィアたち第十三聖騎士団の、妙な動きの理由を知った。クヴンジ森林で自滅的な戦いをしようとしていたのはなぜか。ある種の罪滅ぼしというか、自暴自棄になっていたからではないか。

守るべき《女神》を、第十三聖騎士団は、解剖させるために運んでいたのだ。

テオリッタを眠らせたまま運んでいた理由も、それが原因だった。軍である以上、命令に逆らうわけにはいかない。ただし、献身的に奮戦して領土を防衛すれば、あるいは神殿や、北方貴族たちからの支持を取り付けられるかもしれない。

しかし、ガルトゥイルの連中は――

「役に立たねえから、なんだっていうんだ」

俺はテオリッタを見た。ちょうど氷菓子を買い、こちらに駆けてくるところだ。その顔は嬉しそうでもあり、誇らしげでもある。

「なんだっていうんだよ。おい。有用性だかなんだかをガルトゥイルのクソ野郎どもに認めさせるには、ほかに何をすればいいんだ?」

キヴィアに対して怒りをぶつけても仕方がない。

それはわかっていたが止められなかった。

「そうだよ。次の仕事の話をしろ。要するにそこで結果を出せば、テオリッタを解剖しなくて済むんだな? 何をしろって言いたいんだ?」

「防衛だ」

キヴィアも怒ったように、あるいは吐き捨てるように言った。

「この要塞の防衛を、貴様ら勇者だけで担ってもらう。死守だ」

王国裁判記録　ベネティム・レオプール

暗く、狭い部屋だった。

地下牢とそう変わらない。

（……ずいぶん陰気な場所だな）

と、ベネティム・レオプールは思った。

王国裁判の、あの大げさな『真実の帳《とばり》』の前に連行されるはずではなかったか。そうしたら、居並ぶ審問委員や、聴罪官を前に、ありったけの弁舌を振るってやろうと考えていた。

（どうせなら、世界一の大ウソをつこう。歴史に残るようなやつを）

と、決めていた。その計画は、もはや実現できそうにない。

目の前にいるのは、たった二人だけだ。

机を挟んで自分の対面に座り、やけに明るい笑みを浮かべている若い男。それと、その背後で腕を組んでいる、白い貫頭衣――神官服の女だ。こちらはどことなく眠そうな、感情のこもらない目でこちらを見つめている。

（なんだか、様子が変だぞ）

ベネティムはそう考えざるを得ない。これは話に聞いていた、裁判のやり方とは違う。審問委員もいない――真実の宣誓もない。

(どちらかというとこれは、取り調べみたいだな)

まだ自分から聞き取ることがあるのだろうか。話せることはあることもないことも、また自分に思い込ませた事実もすべて喋った。

「申し訳ない、ベネティム・レオプール」

と、若い男は粗末な机に肘をつき、祈るように手を組み合わせた。どことなく軽薄な声だった。

「本来なら、もう少しマシな部屋で会話をしたかった。ぼくはきみに会いたかったんだよ。尊敬している」

「そ、……そうですか」

ベネティムはただ漠然とした表情でうなずいた。ほかにできることがなかった。

ベネティムは慎重に言葉を選んで喋るということができない。詐欺師という職業から誤解されがちだが、ベネティムは冷静な思考法とか、見事な言葉選びといった技術を持っているわけではない。たいていは、人を騙すときでも、思いついたことを次々に並べているだけだ。

このときもそうした。

「私を尊敬しているって、どういうことですか?」

本当に、そのことが疑問だった。

「あなたも詐欺で生計を立てたいと思ってるんですか? それなら、私みたいなのは尊敬してはいけませんよ。結局、捕まってしまいましたし」

「そうだね。そこのところは、まったくその通り」

男は喉の奥で笑った。表情こそ明るいが、その笑いには蛇が喉を鳴らしているような、妙な不気味さがあった。

「やりすぎたんでしょうか、私は。罪の重さ的には、やっぱりあの、王宮をサーカスに売り飛ばそうとした仕事が――」

「いや。それはほぼ関係ない。その一件は面白かったけどね」

男が片手を振ると、傍らで立っていた神官服の女が、無言で動いた。

書類の束を机に載せる。そこにはベネティムの罪状と思しき文章が、延々と並んでいた。

「かつてない犯罪だったね、これは。よくもここまで無茶なことをしたと思うよ」

男は書類に視線を向け、また蛇のように笑う。

「まずきみは、王都で興行したがっていたサーカス団に、敷地《しきち》を売却する契約をしたんだね。そのために、王宮の移転計画まででっちあげるとは……すごいな」

あの一件のことはよく覚えている。気づいたら大事になっていた詐欺だ。

本当ならサーカス団に敷地だけ売る約束をして、前金をもらって逃げるつもりだった。それが、話をするうちに王宮の移転計画やら、そのための王宮解体工事やら、その石材・鉄材の売却先やらが必要になってきた。そうした業者には、次から次へと嘘をついた。

（ほとんど綱渡りだったたな。忙しかった……）

見積書《みつもりしょ》や着手資金、宰相代理委員からの委任状を手配するうち、やたらと壮大な計画になってしまっていた。サーカス団がやってきた日には、大工や石材業者や移転反対のデモ隊が入り乱れ、とんでもない騒ぎになったという。

ベネティムは怖くてとても見に行く気にはなれなかった。騒ぎをやり過ごした後に王都を離脱しようとして、あっけなく捕まった。

「ほかにも、ずいぶん沢山やっているね。投資詐欺。骨董品《こっとうひん》の偽装。宝くじ詐欺に、出資法違反。ヴァークル開拓公社からは百件ほど訴えがあったよ」

「すみません……反省しています」

「反省は結構だよ。もう大丈夫。それより、きみの動機が知りたいな」

もう大丈夫、というのが、ひどく不吉なものに聞こえた。

「なんで詐欺師をやろうと思ったのかな？」

「……子供の頃から、人ががっかりする顔を見るのが苦手で」

こういうことは、何度も話した。その都度、内容が変わる『動機』の話だ。よく考えるとどれも本当の気がするし、すべて嘘のような気もする。

「がっかりする顔を見ないようにするために、その場しのぎで適当な嘘をついて、帳尻を合わせようとしてきました」

「その努力はたいしたものだ。よくもまあ、これだけ大きな計画の帳尻を合わせたと思うよ」

「はあ」

ベネティムは生返事で応じた。ほかにどうすることもできなかった。

そもそも目の前の男が何者か、自分は裁判を受けるわけではないのか、そのことが気になる。

「あの。私は、死刑になるのでしょうか？」

「ん？　いや。残念ながら違う」

男は、そこで身を乗り出した。

「実のところ、きみは詐欺罪で裁かれるわけじゃない」

「……詐欺じゃない？　だったら私は」

「まずかったのは、こっちだよ」

いきなり、机の上に新たな紙の束を放り出された。

見覚えがある。新聞だ。『リビオ記』。一流の有名誌とはいえない。むしろ三流の中でも特に格が落ちる。中には怪しげなオカルトや陰謀論、スキャンダル、でっちあげの魔王現象に関する与太話ばかりが書かれている。

たしかに、ベネティムは一年ほど前からそこの記者をやっていた。嘘の話を書くのは得意だったからだ。

「あの」

ベネティムは思わず首を傾《かし》げた。

「これが、どういう……？」

「きみが書いた記事さ。『密《ひそ》かに侵略を進める魔王の手』。すでに神殿やガルトゥイル、王族に至るまで、魔王現象に影響されたスパイが人間のフリをして入り込んでいるんだって？」

たしかに、書いた記憶はある。聖騎士と《女神》のスキャンダルや、王家の醜聞もネタ切れだったし、もっと人の不安を煽《あお》るような記事が欲しいと言われた。

だから、その要望に応じただけだ。

（あんな顔をされちゃ仕方がない……）

目の前の相手をがっかりさせるのが苦手というのは、意外と自分の本質かもしれない。

「しかも名前まで書いてあるね。マーレン・キヴィア大司祭に、デルフ将軍。シムリード総督まで。すごいよ。たいした妄想だ。……正直言うとね、詐欺もいい。スキャンダルもいい。陰謀論も好きにすればいい。ただ……」

喉を鳴らして、男は笑う。

「真実だけは困るんだ」

「え」

「特にきみには、でっちあげた話を人に信じさせる能力がある。少なくとも、我々にそう思わせるだけの能力が」

何か、ひどく理不尽な目に遭っている気がする。

「待ってくださいよ、私は決して」

ベネティムは立ち上がろうとして、失敗した。

いつの間にか、神官服の女が隣にいた。ベネティムの肩を摑んでいる。その途端、激痛を感じて、ベネティムは呻き声をあげた。

「せっかく我々が対処しようとしているのに、台無しになってしまう。……このことを喋ることができないよう、きみには特別な枷をかけよう」

男は芝居がかった様子で、指を鳴らした。

そのときベネティムは気づいた――この男の陽気な笑顔には、どこか嗜虐的《しぎゃくてき》なところがある。

怯える相手を見て楽しむような、そういう笑いだ。

「残念ながらきみは死刑どころでは済まされない」

男は少しも残念ではなさそうな、満面の笑みを浮かべた。

「ベネティム・レオプール、きみを勇者刑に処す」

「死守だ」

と、伝令の男はそう言った。

見事な髭を生やした男で、ガルトゥイルからの使者だという。

正直なことを言うと、第一印象からまったく好感が持てなかった。俺は身なりのいい威厳のありそうな男をまったく信用できない。そういう呪いにかかっているのかもしれない。

「この要塞を、貴様ら懲罰勇者部隊のみで死守せよ。魔王現象が近づいている」

この身も蓋もなく「死ね」と言っているような話を、俺とベネティムはアホみたいに並んで直立して聞いていた。

「ザイロくん、落ち着いてくださいよ」

ベネティムは俺に小声で言った。

「お願いですから、落ち着いて……冷静に……。いきなり殴りかかったり、叩き殺したりするのはやめてください」

「お前、俺をなんだと思ってるんだ」

俺がそんな突発的に意味不明な暴力を振るうような人間に見えるのか？

――もしかすると、見えるのかもしれない。『女神殺し』はそのくらい意味不明な暴力だ。気分次第で何をするかわからないとでも思われているのだろうか。

「……あの。すみません、使者どの。要塞を死守、と言いますと」

咳払いを一つして、ベネティムが死にそうな声を出した。少なくとも胃に一つ以上の穴が開いていて、そこから血が滲み出ているような声だった。

「どのような作戦目標なのでしょうか？」

「作戦目標はただ一つ。この要塞に留まれ。それだけだ」

使者の男は、笑いもせずに言い切った。

「たとえ貴様らが全滅することになったとしても、最後まで抵抗しろ」

「持久戦ですね。いつまで粘ればいいんでしょうか？」

ベネティムは根気強く、かつ愛想よく尋ねた。しかもへらへらと笑いながら――もしかすると、ただ現実を見るのが怖いだけかもしれない。

「死ぬまでだ」

使者の男は言い切った。

「第十三聖騎士団、ならびに第九聖騎士団は、後方に展開して戦力を温存する。そして、貴様らの全滅と要塞の陥落をもって特殊攻撃を実行する」

ひどい話を聞いていると思う。

それでも、この男の首から下げている聖印が本物ならば、ガルトゥイルから派遣された正規の使者に違いはない。

「その……特殊攻撃というのは？」

ベネティムの問いに、使者の男は重々しげにうなずいた。

「毒だ。第九聖騎士団の《女神》が奇跡をお示しになる」

噂には聞いたことがある。

第九聖騎士団の《女神》は、『毒』を召喚することができるらしい。ありとあらゆる猛毒を、その指先から呼び出すという。

ただし、広範囲に散布して魔王現象を殺戮するような『毒』は、かなり使い勝手が難しい。罠のような形で設置する必要がある。それを、この要塞に仕掛けるつもりか？　たとえば聖印と組み合わせた爆弾。

特殊攻撃というのは大げさだが、要するに、それを起爆する作戦ということか。

「このミューリッド要塞を、あの魔王現象十五号――『イブリス』の墓標とするのだ。貴様ら勇者には、その礎となる名誉を与える」

これには俺もベネティムも沈黙した。開いた口が塞がらなかったからだ。

要するに、今回の作戦はこうだ。このミューリッド要塞に、魔王現象の異形《フェアリー》と、魔王本体を引き付ける。そして、この要塞ごと毒で汚染し、魔王もろとも撃滅する。そういうことだろう。

（ただ時間を稼いで死ねってことかよ）

アホかと思った。

「効率が悪すぎる」

気づけば俺はそれを口に出していた。

「魔王一匹倒すために、この要塞を罠にするのか？　魔王を殺すような毒で汚染したら、使い物にならなくなるぞ」

「魔王現象第十五号『イブリス』は、極めて強力だ」

使者は俺の反論に、不愉快そうな顔を示した。

ベネティムは焦ったように俺の肘をつついたが、仕方がない。軍事のことがわからないからって、俺をこういう場所に同席させる方が悪い。

「やつは前回の作戦に際し、第九聖騎士団による攻撃を耐え抜いた。その驚異的な再生力は知っているな？」

これも、噂だけは知っている。

『イブリス』という個体は、魔王現象との戦いが始まったかなり初期から存在が確認されていた。殺しても死なない相手として有名で、各地をのそのそと動き回り、手当たり次第に食べる――あるいは破壊する。撃滅作戦が発動されたことはあるが、完全な殺害に至ることはできなかった。

その後、しばらく放置されることになったのは、『イブリス』が極端に休眠時間の長い個体だったからだ。年に数度、辺境を動き回るだけで、あまり活発な破壊には及ばなかった。優先順位が低かったというわけだ。

しかし、それがなぜかいま、突然明白な意志を持ったようにこの要塞に向かっているという。

「前回の作戦では長距離から狙撃を行い、《女神》の奇跡がもたらした致死毒を打ち込ませた」

使者の男が言う「狙撃」というのは、うちの部隊のツァーヴのやったことだろう。あいつは第九聖騎士団に貸し出され、共同任務に当たっていた。とすれば、やることはやってきたらしい。

「作戦は成功したようだが、無意味だった。『イブリス』は一時仮死状態となったものの、結局は死亡を確認する前に蘇生した」

言いたいことがわかってきた。うんざりするような結論が待っていそうだ。

「この結果と、第三の《女神》シーディアの予知により、ガルトゥイルは作戦を修正した。膨大な量の猛毒でやつを汚染し、『殺し続ける』ことが唯一の方法と決定された。特別な……生き物に似た性質の『毒』を使う」

やっぱりな、と俺は思った。

「それ以外の殺害手段はこの世界には存在しない」

「ふざけてんのか、それじゃあ要塞に籠る俺たちは――」

「ま、待ってください、使者どの」

言いかけた俺を、ベネティムは押しとどめた。

「十分な誘引と拘束が完了した場合、我々は離脱して構わないでしょうか？」

「許可できない」

「なぜです？　作戦目的が達成されれば、問題はないでしょう」

「許可できない。これはガルトゥイルの決定だ。貴様ら懲罰勇者が一人でもミューリッド要塞から離れた場合、首の聖印が部隊全員を即死させることになっている」

(ふざけてるのか？)

と、俺は再び思った。

なぜ、そこまでさせる？　異様な感じがする——俺たちを念入りに殺そうとする意味があるのか？　まったくの無意味に思える。俺たちが死なないと不都合があるのだろうか。

もしかすると、これは『やつら』の考えたことかもしれない。俺を嵌めたクソ野郎ども。

よほど俺は、というより俺たちは嫌われているらしい。なりふり構わず殺そうとしている、という感じだ。その気持ちはわからなくもないが、付き合っていられるものか。いったいどうすればいいだろう？　こんな作戦で死んでいる場合ではない。

そうだ——テオリッタ。

なんらかの価値を示さなくては、そのまま解剖される危険もある。要塞もろとも魔王現象を道連れにする程度では意味がない。それは第九聖騎士団の《女神》の毒による戦果となるだろう。

あるいは、そっちが狙いなのか？　《女神》テオリッタの有用性を否定するような作戦をあえて遂行させる、というような。

「わかりました。作戦は果たします」

俺が考えている間に、ベネティムは軽々しく返答していた。

正気か、こいつ。俺は思わずベネティムの顔を見た。やつはへらへらと媚《こ》びるような笑いのまま、舌を動かす。

「ですが、何点か作戦の改善をお願いします。まず、我々が一人でも要塞から離れたら死ぬという規則。これはまずいです」

使者がちょっと眉を動かしたが、ベネティムは相手に発言の機会を与えない。

こいつの詐欺師としての最大の長所は、いざというときの声の大きさだ。なぜかよく通り、他人の発言を上書きしてしまう。

「ご存じの通り我々は人格破綻者だらけの犯罪者集団ですので、さっさと楽になろうと思って要塞を抜け出す者が想定されます。そうした場合、作戦発動どころではなくなります」

たしかにそうだ、と俺は思った。

俺たちを皆殺しにするのではなく、魔王を倒すためという建て前があるなら、これは無視できない要素のはずだ。

「監督役を設けてください。それでも逃げ出す者がいるでしょう。なので、誰か一人ではなく、全員が離脱したら皆殺しということにするべきです」

思いついたことを、よくぞここまで適当にぺらぺらと言えるものだ。俺がその発言の妥当性を検討するより、ベネティムが喋る速度の方がずっと速い。

「それと、《女神》テオリッタの問題です。彼女はこのザイロと契約を交わしていますから、周囲の反対を聞かず要塞に留まる可能性があります」

「……可能な限り説得させていただく」

「それでも留まりますよ、我らが《女神》は慈悲の心がお強くあられる」

なんだかよくわからない言葉遣いだが、ベネティムは大真面目な顔で言ってのけ、指で大聖印を切った。円を描き、中心で断ち切るような仕草。神殿の礼拝のときなんかによくやるやつだ。原初の聖印、「大聖印」と呼ばれている。

「ここ最近の我々の戦果は、《女神》テオリッタのご加護あってのもの。留まる許可をお願いいたします」

「私はその許可を出す立場にない」

「では誰がその許可を？」

「《女神》については、軍令上は第十三聖騎士団の管理下にあり……」

「ザイロくん、キヴィア団長にいますぐ連絡をとってください。こちらはもう大丈夫です」

ベネティムは俺の肩を叩き、小声でささやいた。

「話をつけておきますよ。作戦の完遂目途が立ったら、テオリッタ様を離脱させる許可をもらおうと思います——あとは何が欲しいですか？」

「兵隊。人手が足りない。俺たちだけじゃキツすぎる」

言うだけ言ってみようと思ったが、ベネティムはあっさりうなずいた。

「わかりました。あとは？」

「武器と食料」

「わかりました。あとは？」

「恩赦」

「わかりました。あとは？」

こいつ、適当にうなずいているだけだな、と俺は思った。しかも大真面目な顔をしていやがる。

俺は鼻で笑ってしまった。

「恩赦は嘘だ。……できれば、騎兵と砲兵が欲しいんだが。ジェイスとライノーはどうなんだ？呼び戻せるか？」

「まだ西の戦線ですよ。どう考えても間に合わない」

ジェイスとライノーは、うちの部隊の騎兵と砲兵の名前だ。

やつらはいま、ひとまとめに西部方面へ貸し出されている。特にジェイスは竜騎兵だ。やつの人格はともかく、相棒のドラゴンは信用できるし当てになる。せめてあいつらがいれば、もう少し無理ができたかもしれない。

ただ、いまは考えても仕方がない。

「じゃあ、あとは任せてください」

ベネティムは自分の胸を叩いた。

「うまくやっておきますよ。私を信じてください」

「まったく信用できないセリフだが、やれるのか？」

「なんていうか、皆さんは信じないでしょうけど、私はね」

そこでベネティムはいっそう声を低めた。

「……実はすごい秘密を知ってるんですよ。私はこう見えて、世界を救う一歩手前まで行った男なんです。あれに比べれば、このくらい簡単ですよ」

「嘘つけ」

――当然、俺にはわかっていた。

このあと、ベネティムは見事に『恩赦』以外の要求を通すことに成功する。そして自分が真っ先にミューリッド要塞から《女神》を連れて脱出する、という命令を受けたことも、後でキヴィアから聞かされた。

こいつはいずれ戦場のどさくさで殺されかねないだろう。

「いやだから、ほら、オレって基本的にお人好しなタイプじゃないですか？」

ツァーヴの声が後ろから聞こえる。

さっきからこいつは間断なく喋り続けている――そうしないと呼吸ができないかのようだ。迷惑すぎる。

「優しすぎるゆえの悲しさっていうか？　だから違和感ずっとあったんですよね、訓練してた頃から。困るじゃないスか。オレって実は小さい頃から暗殺教団に育てられた、超エリート暗殺者だったんスけどね」

耳障りで仕方がない。

俺は少し足を速めたが、ツァーヴはそれが「もう聞きたくない」の合図だとは思っていないようだった。

「標的を調べれば調べるほど、うわ～こんなやつ殺せねえ～奥さんも子供もいるじゃん、病気の爺《じい》ちゃんもいるじゃん！　ってなっちゃうんスよね。そういうとこで出ちゃうんですよね、生まれつきの心の純粋さが」

先を歩くドッタが、振り返ってうんざりしたような顔を向けてくる。

(こいつ、要塞に残してきた方がよかったんじゃないか？)

と、その目が言っている。

だいたいこの話をツァーヴから聞くのは、もう何十回目だろうか。狙撃兵としての腕が良くなかったらとっくにぶん殴って昏倒《こんとう》させている。こいつの狙撃能力は、もはや超常現象の類だ。

「だからオレ、標的を殺したことないんスよ。成功率ゼロ！　……でもほら、殺した証拠がないと教団に怒られるもんで……その辺の関係ないやつぐちゃぐちゃのひき肉にして持ち帰ることにしてたわけです。標的にはこっそり逃げてもらって。オレ、めちゃくちゃいいやつじゃないですか？」

標的を殺せない暗殺者。

それならその辺の関係ないやつは殺せるのか、と思ったことはあるが、どうやらまったく問題ないらしい。

本人曰く、

「そりゃそうでしょ……」

とのことだ。

(とんでもないやつだ)

たぶんツァーヴの中では、人間は牛や豚と変わらない存在なんだろうと思う。

情が湧いたら殺せないが、そうでなければなんの障害もない、というような。およそ永遠に関わり合いになりたくない種類の殺人者だが、残念ながらそうもいかない。こういうとき、俺は自分が刑罰を受けている罪人だと強く意識させられる。

「それで聞いてくださいよ、オレを追放した教団のこと！　あいつらってホント極悪非道で――」

「ツァーヴ」

俺はそこでようやく振り返ることにした。目的地まで来たし、うるさいし、そろそろ黙らせるべきだと思ったからだ。

「黙ってろ」

「あっ、すいません兄貴」

ツァーヴは頭を掻きむしった。

麦色の髪の毛――欠けた歯――陽気だが、どこかだらしのない顔。そしてなぜか俺のことを兄貴と呼ぶ。ツァーヴはそういう男だった。

「オレ、また喋りすぎちゃいました？」

「ザイロ、こいつもう口枷とか嵌めといた方がいいよ」

ドッタは顔をしかめてツァーヴを指差す。

「うるさいもん。ぼく、こいつと同室になったことあるんだけど、最悪だよ。ずーっと一晩中喋ってるからね！　寝ないで！」

「眠らなくてもいい訓練してるんスよ、三日はイケます」

「ほら最悪！」

ドッタは悲痛な声をあげた。

正直なところ、ドッタとツァーヴは一緒にすると騒がしすぎる。それでもこの二人を連れてくるしかなかった。要塞の外で偵察任務をこなすのは、片足を失ったノルガユ陛下には無理だし、ベネティムは論外だ。体力がなさすぎる。タツヤは連れてきても、こういう仕事の役には立たない。

結果、この二人しかいなかったわけだ。

「ドッタさん、仲良くやりましょうよ。オレら仲間じゃないっスか」

「もう少しきみが静かにしてくれたらね」

「オレ、静かなの苦手なんスよね。ほら、オレって教団で虐待みたいな訓練受けた悲しい過去があるじゃないですか。そのとき、地下牢に閉じ込められて――」

「おい」

仕方がないので、口を挟むことにする。

「黙れって一度言ったよな。二度も言わすな」

「ほら、ザイロが怒った……」

「うわっ、やばい！　すいません兄貴！　ドッタさんも謝って！」

「なんでぼくまで」

ツァーヴが勢いよく頭を下げ、また言い合いが始まる。

俺はもうため息も出ない。二人をどうにかすることは諦めた。身を沈め、前方に広がる景色に目を凝らす。

ミューリッド要塞から徒歩で半日近く、小高い丘からの光景だ。

曇り空の下ではあるが、クヴンジ森林までよく見渡せる。それに、ゼワン＝ガン鉱山。そこから少し離れた西方レター・マイエンの山々。

いま、その山々の麓には、黒っぽい煙が地を這うように広がっていた。

もちろん、正確には煙ではない。

多数の異形《フェアリー》が寄り集まっているせいだ。それが移動しているため、黒土を巻き上げ、煙のようになっている。それはまさに、大地を削り、抉り取る大軍の移動だ。大群の移動で木々が薙ぎ倒され、土石流のようになって押し寄せてくる。

動きはやや鈍いように見えるが、その分だけ、やつらの接近は重苦しい破壊力を予感させた。山裾が砕けて谷のようになり、近隣の集落は建物ごと蹂躙されただろう。

その中核には魔王現象十五号『イブリス』がいるはずだった。

「――かなり接近しているな」

身を沈めて、その軍勢を注視していると、頭上から声が降ってきた。

キヴィアだ。ドッタのようなやつを連れて偵察するなら、逃亡しないように監督役が必要になる。

当然、彼女がついてくることになった。

「要塞まで思ったより早く到達する」

キヴィアは手元の地図を眺めて、指でなぞる。

俺も立ち上がってそれを覗き込んだ。やはり魔王現象の移動経路は、ミューリッド要塞を目指しているとしか思えない。何かを追っているように。

「ってことは、この調子だとあと三日か四日ぐらいか？」

「……あ、ああ」

キヴィアは何度か瞬きをし、咳払いをした。

「そうだな。『イブリス』の移動速度を考慮すれば、その程度だろう」

「まっすぐこっちに向かってきてる。何かに指揮されてるみたいだ。いままでの『イブリス』の動きから考えると異常だ」

「たしかにそうだ。ガルトゥイルでは何か情報を摑んでいるのかもしれん。たとえば、指揮官として機能する魔王現象の存在が考えられる」

「そりゃ面倒だ――ところで」

俺は喋るたびに遠ざかる――というより、あさっての方向に視線を逸《そ》らしてのけぞっているキヴィアの顔に問いかける。

「なんで徐々にのけぞってるんだ」

「い、いや。……貴様の顔が近い。少し離れろ」

なんだそりゃ、と思ったが、疑問を口に出す前にドッタが裏返った声をあげた。

「あっ！」

と、森林の方を指差している。

「いま、なんか見えた！　異形《フェアリー》じゃないかな、あれ」

「おおう、それっぽいっスね」

ツァーヴも並んで身を乗り出し、ドッタの指差す方向を眺めていた。

どういう目の構造をしているのかわからないが、こいつらの視力は尋常ではない。人間離れしているところがある。

「なんか犬っぽいなあ。ドッタさんどうですか？」

「ぼくもそう思う。たぶんカー・シーじゃないかな」

『カー・シー』というのは、おおむね小さな犬型の異形《フェアリー》全般を意味する存在だ。戦闘力はさほどではないが、知覚力に優れ、俊敏な種だ。よって斥候のように本体から先行して移動する。その知覚したものを、魔王現象全体と共有する能力を持っているらしかった。

「カー・シーだと？　何匹いる？　貴様ら、本当に見えるのか？」

キヴィアも目を凝らしたようだが、たぶん無理だ。俺もわからない。かつての索敵・捕捉用の聖印があれば話は別だが、俺にはドッタやツァーヴのような変態的な視力はない。

ただ、こいつらが『いる』というなら、確実にいるのだろう。

まったく信用できない連中ではあるが、ベネティムと違って意味のない嘘はつかない。

「仕方ねえな。じゃ、少し削っておくか」

こっちの位置を捕捉されて、殺到されては面倒だ。

「ツァーヴ、この距離はどうなんだ？」

「どうかな――まあ、たぶんいけると思います。やってみるんで、しくじってもブチ殺さないでくださいよ」

「お前、俺をなんだと思ってるんだ？」

「いや、そりゃまあ……偉大な先輩っスよ、ほんとに。嘘じゃないっス」

ややや煮え切らない答えだったが、ツァーヴは背中に負った長い杖を引っ張り出した。

これも聖印を刻んだ「雷杖」の一種だが、ドッタの使うような雷杖とは射程距離も破壊力も比較にならない。

狙撃用の雷杖だった。開発はヴァークル開発公社で、製品名は『ヒナギク』。ただしノルガユ陛下がめちゃくちゃな調律を行っているため、もはやどの聖印も原形をとどめていない。

「もういいっスか？　長く見てると殺したくなくなっちゃうかも。オレってほら、人情の男じゃないですか。よく言われるんスよね、優しすぎる殺し屋って」

「いいからやれ。喋りながらじゃないと撃てないのか？」

「了解っス」

と、返事をしてからは迅速だった。

雷杖が光を放ち、それははるか彼方の森林へ、梢《こずえ》の間を縫って閃く。ぱん、という、気の抜けた乾いた音が響き渡った。

「やりましたよ」

言ってから、横目にドッタを見た。

「大当たりでしょ？　どうっスか」

「……命中してる、頭のど真ん中……なんだ、余裕じゃん」

望遠レンズを片手に、ドッタが安堵のため息をつく。単純なやつだ。

余裕とはいっても、このとき、ツァーヴが狙撃した距離はおよそ一千と二百標準ラーテ少々といったところか。

これは連合王国が採用した距離単位で、一標準ラーテはだいたい大人の足で一歩分。つまり、何が言いたいかというと――千二百歩くらいの間合いで、木々の隙間を縫って標的の頭部を撃ち抜くような腕前は、なかなか常識を超えている。

「ってか、まだ残りいるっぽいっスね」

ツァーヴは雷杖を構えた姿勢を崩さないまま、ドッタに声をかけた。

「ドッタさん、あと何匹くらいいっスか？」

「あっ。うん、いる！　いるよ、まだ四匹！　こっちに気づいてる……！」

ドッタは慌ててツァーヴの肩を揺すった。

「こっち来るよ、ツァーヴ、急いで！　さっきの調子でなんとかして！」

「急《せ》かされても、連射あんまり利かないんスよね……射程と威力に全振りしてるから。でもまあ大丈夫っスよ、間に合うでしょ」

ドッタとツァーヴの組み合わせは騒がしいのが問題だが、仕事はする。

ドッタはとにかく自分が助かるために必死になるし、ツァーヴは雷杖の扱いだけなら俺が知るどの兵士よりも上だ。そうやって結果を出すところが余計にムカつく。

つまり、ここはこの二人に任せて十分だ。うるさいツァーヴが狙撃に集中している間に、こっち

はキヴィアと話し合っておくべきことがある。

「……キヴィア。斥候を片づけたら、罠を仕掛けに行く。ノルガユ陛下から仕掛けを預かってる。できるだけ要塞に着く前に数を減らしたい」

俺は彼方の魔王現象を見た。『イブリス』。

その軍勢は、移動しながらさらに数を増すだろう。

「あの数だと、あんまり意味ないかもしれないけどな……まあ、やることはやっておく。キヴィア、悪いが付き合ってもらう」

「構わない。仕事だ。……しかし」

「なんだよ」

「貴様のことが日増しによくわからなくなる」

実際、キヴィアは何か納得いかないものを見るように、俺を見ていた。

「こんな状況でも、役目を果たそうとしている。戦いを諦めていない。それにテオリッタ様へのあの態度。……聞いていた『女神殺し』のザイロ・フォルバーツからかけ離れている」

「どんな風に聞いてたんだ？」

「功を焦って部隊を危険に晒《さら》し、挙げ句の果てに乱心して《女神》を殺した、成り上がり者だと。私には、そうは思えない」

「どうかな」

苦笑したが、キヴィアの言葉の中で、妙に引っかかる部分があった。

『成り上がり者』。それは代々の貴族の名家が使うような言い方だ。キヴィア――俺が知らなかっただけで、有力な名家だったのか？

「なあ。キヴィア。あんたはどこの貴族の出身なんだ？　悪いが聞いたことないぜ」

「貴族ではない」

「嘘だろ。貴族以外を聖騎士団の長にするなんて、ガルトゥイルが許すのか？」

「私の伯父は大司祭だ」

大司祭。それで納得がいった。

神殿という組織の中核を成す、ほぼ最高位に近い階級だ。神聖議会に列席できる資格を持つ、数十人の集団。貴族ではなく、神職の家系だったというわけか。俺が知らないはずだ。テオリッタへの態度も理解できる。

しかし、そんな家の娘が軍に入ったのは、かなり数奇な話ではないか。従軍神官という形ではなく、騎士団長。

「だから、――最初は貴様を警戒していた。テオリッタ様に危害を加えるのではないかと。どうもその心配はないらしいな」

「そうか。じゃあ、監視はもう必要ないんじゃないか？」

「監視だと？」

「いや、しょっちゅう俺の顔を睨んでるだろ。要塞出てからずっと。落ち着かねえんだよ」

「……。私は別に貴様の顔など頻繁に眺めていないが？　思い込みが激しいようだな。そのような事実は一切ない。何を馬鹿げたことを。それは自意識過剰というものだ、反省しろ」

「そうか」

えらく早口でまくしたてられ、俺は理不尽な気分を味わった。何か異議を申し立ててやりたい。なぜ反省しろとまで言われなければならないのか。

だが、その内容を考えている隙に、ツァーヴは仕事を終えていた。

「——よっしゃ、兄貴、終わりましたぜ！　すごくないスか？　まさに百発百中っスよ！」

雷杖の先端が赤熱している。ツァーヴは聖印を起動し、これだけの長距離射撃をこなしてみせても、疲労の様子を見せない。

「いまので全部……だよね？」

ドッタはまだ不安そうにきょろきょろと目を動かしている。ドッタに見つけられないものを、俺に見つけられるとは思えない。とりあえず脅威はなくなったと見ていいだろう。

「よし。ここからは馬で行く」

キヴィアはまだ不機嫌そうに俺を睨み続けていたが、これからやるべきことに意識を集中させねばならない。

「さっさと罠を仕掛け終えるぞ。キヴィア、馬に乗れるんだろ。ついてきてくれ——ドッタとツァーヴはここで待機だ。逃げるなよ」

「了解っス、ドッタさん見張っときます」

「っていうか、異形《フェアリー》の斥候がうろうろしてるじゃん……ザイロがいないと怖くて動けないよ」

「そうしとけ。キヴィア、行こうぜ。手伝ってほしい、一人で罠の仕掛けは――」

「いや、ま、待て」

キヴィアは少し困惑したようだった。

「確かに私は馬に乗れるが、どこに馬がいる？　この作戦において、我々には支給されていないはずだぞ」

「調達して、この辺に隠しといたんだってよ」

俺はドッタを見る――ドッタは気まずそうに顔を背け、キヴィアはひどく呆れた。

刑罰：ミューリッド要塞防衛汚染 3

結局、ミューリッド要塞には五十人ほどの聖騎士が残ることになった。

第十三聖騎士団の五十人。

いずれもキヴィアの呼びかけに応じた、信頼できる者たちである――とのことだった。どこまで本当かは知らないが、雑用さえ手伝ってもらえればそれでいい。何しろ、時間はないがやることはいくらでもある。要塞設備の整備と点検は、いくらやってもやりすぎということはない。

一方で、第九聖騎士団は雑用さえ手伝う気がないようだった。偵察から戻ってきた俺たちと入れ違いに、《女神》と聖騎士団長が出ていくのに遭遇した。

「失礼する」

と、第九聖騎士団の団長は要塞を後にするとき、キヴィアに対してわずかに頭を下げた。

名前をホード・クリヴィオスといった。

俺もその家名は知っている。南方に広大な領土を持つ貴族で、ワインが美味《うま》い。クリヴィオス産のワインといえば、ドッタやツァーヴが泣いてひれ伏す威光がある。

「物好きだな、キヴィア団長」

と、そのホード・クリヴィオスは心の底から不思議そうに言った。若干の嫌悪感も混じっていたかもしれない。

「懲罰勇者どもの死を見届けたいというのは、いささか悪趣味だとは思うが。卿《きょう》が決めたことならば、無事を祈ろう」

この第九聖騎士団の団長にとっては、俺たちは闘鶏みたいなもので、戦う様子それ自体が見世物であるとでも思っているのかもしれなかった。少なくとも、軍事力の一端として認識してはいない。俺もドッタやツァーヴを見ているとそんな気分になる。こいつらを軍の端くれに組み込むのは、様々な問題を引き起こしていると思う。

「……無事をお祈りします、キヴィア」

第九聖騎士団の《女神》も、このときは頭を下げた。

流れるように長い黒髪に、炎の目をした女だった。セネルヴァともテオリッタとも違う。どことなく陰のある、鬱屈とした印象の《女神》だった。

「ペルメリィ、近づきすぎるんじゃない。そいつは『女神殺し』だ」

第九聖騎士団の団長は、俺と《女神》との間を遮った。

気持ちはわかる。相手は『女神殺し』の重罪人――つまり俺だ。《女神》を殺せるやつだと思っていることだろう。そのことは事実だ。

「我々は行くぞ。役目は果たした。私の傍から離れるな」

「はい、ホード。離れません。この役目、私は有用でしたか？」

「完璧だ。疑いの余地はない」

「完璧ですか。あの……でしたら、『さすがペルメリィ』は今回はないのですか？」

「了解した。さすがペルメリィ」

と、ホードは《女神》の頭を撫でた。——このようにして、第九聖騎士団の《女神》と聖騎士は要塞から去った。実に七十四の大樽と、そこに満ちる猛毒とともに。

要するに、作戦はこうだ。

魔王現象『イブリス』をこのミューリッド要塞に誘引し、この大樽をすべて同時に起爆する。発生する毒で『イブリス』の動きを止め、殺し続けることで無力化を図るというわけだ。

しかも、この作戦を遂行するのは懲罰勇者。もはや笑えてくる。

「いや、大変っスね」

ツァーヴは俺に並んで歩きながら、他人事のように言った。

「オレらみんな死ぬんじゃないスか？　嫌だなあ。なんか腹立つんで、誰か聖騎士団のやつでも殺しときます？」

「なんで殺す必要があるんだ」

「腹いせですよ。兄貴だってイラついたとき、石とか蹴とばしてるじゃないスか」

「石と人間は違うだろ」

「あ！　人間差別だ！　よくないっスよ、兄貴」

横からついてくるツァーヴの面倒臭さを、俺は耐える必要があった。

「ほら、人間も大自然の一部なんスから。石も人間も同じ大地の仲間なんで、そこ特別扱いするのはどーなのかなー」

ツァーヴはそんなことを言っていたが、もはや付き合いきれない。

人間と石が対等なはずがない。人間は特別だ。石とも植物とも、豚や牛とも違う。なぜなら俺が人間だからだ。ツァーヴのようなアホにはそれが理解できないらしい。そもそも許可なく他人に直接危害を加えれば、首の聖印で死ぬことを忘れているのか。

「――ザイロ！」

いまや無人となり、ベネティムが鎮座する司令室に入ると、テオリッタが駆けてきた。家族の帰りを待っていた小型犬のように。

「お。《女神》様だ」

ツァーヴがへらへらと笑って手を振った。

「上手にお留守番できたみたいじゃないスか。元気でした？　おやつ食べすぎてません？」

「ふんっ。ツァーヴの止まらない軽口は結構です！　私は怒っています。私に内緒でこっそり出かけましたね？　いったいどこまで偵察に出ていたのですか！」

テオリッタはこの短期間でツァーヴの面倒臭さをしっかりと理解したらしい。駆け寄ってきて、俺の肘を摑む。

「《女神》を二日も放っておくなど、聖騎士にあるまじき行いですよ。反省しなさい！　だいたいあなたは――」

「テオリッタ様」

キヴィアは俺の腕にぶら下がるテオリッタを覗き込んだ。

「どうかお慈悲を。我々は御身に勝利をもたらすため、責務を全うしました。罪人たる懲罰勇者とはいえ、休息の許可をお与えください。……ザイロ、水くらい飲んできてはどうだ。少し休め、働き詰めだろう」

「む」

テオリッタの眉が動いた。キヴィアと俺を交互に見る。

「ザイロ。……キヴィアと楽しく偵察できたようですね？」

「楽しい偵察なんてこの世にねえよ」

「そうです。テオリッタ様。我々は成すべきことをしたまで。何も楽しみのために行動してはいません。馬で遠乗りを行ったのも、ひとえに罠を設置するため。あくまでも任務です」

「ふーん」

ベネティムのような早口でまくしたてたキヴィアに、テオリッタは何か納得がいっていない視線を向けた。

「そうですか」

「そうです。テオリッタ様。さあ、こちらに木の実を用意しました……森の中で摘んだ木の実です、なかなか甘い味がしますよ」

「森の中で木の実を。摘みましたか。一緒に。そうですか、それは楽しそうですね」

「そうではなく！　私はただひたすらに責務を果たすため」

「ザイロ！　我が騎士」

テオリッタは俺の腕を摑んで、ぶら下がるような仕草をしてみせた。接触するとよくわかる。テオリッタには相当に、精神的な負荷がかかっている。小さな火花さえ散った。

「第九聖騎士団を、私は見ました」

「そうか」

「そうか、ではありません！　あの聖騎士団の《女神》は、一日に七回も！　……いいですか、七回ですよ。七回も聖騎士から頭を撫でてもらっていましたよ！」

テオリッタは俺の腕を摑んで揺する。あまり教育上よくない組み合わせと遭遇してしまったのかもしれないと思った。

「私は……それほどとは言いませんが……その半分くらいは、頭を撫でてくれてもいいのではないでしょうか？」

「わかった。留守番、ご苦労」

そうするよりほかに、何ができただろう。俺はテオリッタの頭を撫でた――撫でながら、司令官の机に座るベネティムを見る。

「調子はどうだ、ベネティム」

「思ったよりは、うまくやってますよ」

やつはひどく疲れたように、椅子にもたれかかっていた。

だが、俺は知っている。そんなものは、単なるポーズにすぎない。この詐欺師はそういう仕草に長けている。

「第十三聖騎士団の人員。それに、予想外だったのは――ゼワン＝ガン鉱山の鉱夫と、その縁者の百人。あんなに集めてくるとは思いませんでした」

そうだ。あの直後、ゼワン＝ガン鉱山の鉱夫たちと、その知り合いや、鉱夫組合の同僚を名乗る者たちが百人ほどやってきた。懲罰勇者たちの仕事なら手伝いたいと言っていた。

彼らはいま地下で、ノルガユ陛下の工房を手伝っている。

（どうかしてる）

と俺は思ったし、実際そうだ。

彼らは俺たちを、命を救ってくれた英雄のように見ているようだった。俺は絶対違うから、いますぐ帰れと言った――彼らは聞こうとしなかった。せめてドッタによる被害が最小限で済めばいいのだが。やつは別の任務で砦の外に出しているが、戻ってきたときが怖い。

「いやあ、なんか寂しくなってきましたね。人が少ないんじゃないですか？　鉱夫を百人足しても、焼け石に水でしょ」

と、ツァーヴは言った。

「敗色濃厚っスよね、どうも」

「何を言っているのです、ツァーヴ。私がいるではありませんか！」

ツァーヴの投げやりな発言に、案の定、テオリッタは憤慨した。

「この《女神》が見守り、祝福するのですから安心してください。皆さんを絶対に勝たせて差し上げます。絶対ですからね！」

「うーん、すごい根性論。兄貴、《女神》様ってみんなこんな感じなんスか？　この世界、大丈夫なんスか？」

「テオリッタはだいぶ特殊だと思う。あと、この世界は別に大丈夫じゃない」

「し、失礼な！　我が騎士まで！　しっかり私を擁護しなさい！」

テオリッタに背中を拳で打たれた。その間に、ツァーヴは話を進めている。

「で、ベネティムさん、オレらどうします？　さっさと逃げないっスか？」

「逃げるなんて」

ベネティムは少し慌てたようで、一瞬だけキヴィアを見た。

「とんでもない！　ツァーヴ、きみには正義の心というものが足りていないようですね。私たちは魔王『イブリス』を止め、連合王国の国土と人民を守る盾とならねばなりませんよ！」

「あっ、そういう感じでいきます？」

乾いた笑い声をあげ、ツァーヴは俺を振り返る。

「いやー、オレ、無理っスねえ……すでにこの台詞《せりふ》が面白いですもん。オレ、面白い人無理っス。ベネティムさんが脱走しても撃てる自信ないっスね。そんときは兄貴がやってくれません？」

「知るか。そもそもベネティムなんて戦力の頭数に入れてねえよ、勝手に脱走しろ」

「ええ？」

「ですよね」

ベネティムは不満げな顔をして、ツァーヴは当然のことのようにうなずいた。

「ベネティム。作戦は俺が立ててもいいんだよな？」

「きみに任せます、ザイロくん」

ベネティムは重々しくうなずいた。完全にハッタリだ。なぜなら、こいつに作戦なんて立てられるはずもないからだ。

「なんとしても『イブリス』を撃滅しましょう。それが我々の役目ですから！　王国の未来のために！　人々の明日のために！」

ベネティムが言葉を重ねるたび、キヴィアの目つきが呆れ、冷たくなっていくのがわかる。そろそろこいつがいかに口だけの男か、わかりはじめる頃だ。ベネティムが軍事的な問題に方針を示したことはない。

「……ということで、ザイロくん。私たちはどうすればいいでしょう？」

「陛下とお前はここを動くな。お前は俺から受ける指示だけ伝えろ。陛下は手を動かしてもらう」

俺は要塞の地図と、その周辺を思い浮かべる。

「タツヤは地下道の封鎖。聖騎士を二十人くらい連れていってくれ。それでどうにかなる。ツァーヴは城壁の上。近づくやつは撃て」

「おっ。オレの出番っスね」

ツァーヴはむしろ楽しそうに、背負った雷杖を握った。

「そういや、ドッタさんは？　てっきりオレと組むもんだとばっかり」

「あいつには別の仕事がある。――で、正面は鉱夫と聖騎士で少しだけ粘ってもらう。目安は半日だ。陛下の罠と武器があればいけるかもしれない」

「承知しました。いいでしょう」

すっかりベネティムは指揮官ヅラをしてうなずいた。承知もへったくれもあるものか。

「ザイロくんは、どうします？」

「打って出る」

俺はキヴィアと、テオリッタを振り返る。

「この要塞に近づける前に、魔王『イブリス』を倒す。全員が生き残るにはそれしかない」

――中庭からは、大きな声が聞こえてくる。ノルガユ陛下の声だ。

「諸君らは最も勇敢な、我が王国の戦士、兵士、勇士である！」

と、その無駄に張りのある声が言っていた。

杖をつき、片足を引きずりながら、やつは兵士たちを叱咤激励しているようだった。もちろん、聖騎士たちは困惑している。

だが、鉱夫の関係者たちは違う。互いに顔を見合わせ、ささやきを交わしあい、ノルガユ陛下の言葉にしきりとうなずいている。信じがたい光景を見ている気がする。

「我らの国土と人民を守るのだ！　諸君の双肩に、人類の未来がかかっている！」

ノルガユ陛下が拳を固め、突き上げると、鉱夫たちから声があがった。どよめきのような、鬨の声のような、雄叫びに近い声だった。

「ゆくぞ！　余がこの戦を祝福する。我々こそが、諸君こそが！　真の英雄なのだ！」

◆

そこからは、さらに忙しかった。

何もかもが不足していたが、最大の問題はやはり人の数だった。

正面と地下に鉱夫たちと第十三聖騎士団。それを配備できたとしても、それ以外はどうしようもない。

ミューリッド要塞は正門に加え、裏手門がある。そちらを守る兵力に、直接戦闘以外を担当する人員も必要だった。補給、伝令、整備、補修、負傷者の収容。後方の部隊は、本来ならいくらいても足りないくらいだ。

ただ、俺たちは正規の軍人ではないし、ここで全滅することを想定されている。軍の編成に組込まれていない犯罪者どもなので、どういう権限もない。まともな手段で人員の調達はできない。

よって、まともじゃない手段を取らざるを得なかった。

試してみたことはいくらかある。まずは近隣の監獄から囚人をかき集めた。およそ三十名。もちろん、こんなことは普通じゃできない。賄賂を使った。打診した先のミルニデ監獄からの応答は迅速だったという。好きにしてくれとばかりに引き渡してきた。第十三聖騎士団の監督下に置くという名目で。

囚人たちは、いずれも死刑囚だった。

戦場のどさくさに紛れて略奪を行った、野盗か山賊のような連中だったらしい。強盗殺人、婦女暴行、人身売買などを派手に行い、このように団体で監禁されることになった。判決は死刑だが人手が足りないため、聖印を施されたうえで労働をさせられていたという。

つまり俺たちよりも国民としては上等の部類に入る者たちで、態度もそれに応じたものだった。

中庭に引き出されてきたやつらと顔を合わせて、すぐにわかった。こいつらは俺たちに命令されることをまったく快く思っていない。連れてこられたこと自体が許せない——そういう、不満だらけの顔つきをしていた。

「ふざけんじゃねえぞ」

と、山賊どものボスと思われる男が、まず俺を睨んだ。

「そりゃ俺らは、悪いことはしたかもしれねえな。なにしろ死刑だ。俺らを捕まえにきた兵隊もぶち殺してやったんだ」

そいつは俺に向かって凄《すご》んだ。そうとしか言いようのない表情だった。

「だけどな、勇者どもには命令されたくねえんだよ。俺らは悪党だが、てめえはそれ以下だろうが。『女神殺し』野郎め！　なんでてめえらなんかの——」

「うわ、ちょっと」

そのとき、ばちん、と音が響いた。何かが弾け飛ぶ、重く湿ったような音。

「やめてくださいよ、兄貴を怒らせんなよ……」

ツァーヴが杖を持ち、片手で構えていた。

たったいま、俺に向かって凄んだ男——ではなく、その隣のやつの右肩から先がなくなっていた。正確には、ばらばらの肉片になって、そこに散乱していた。

一瞬遅れて、悲鳴が響く。

「オレまで兄貴の怒りの巻き添え食いたくないんで。とりあえず、そういう態度はやめてもらっていいスかね……？」

「……ま、巻き添え？」

と、ボスらしき男は、なんだか呆然としたように隣を振り返った。その顔が赤い。いま飛び散った血しぶきのせいだ。

「なんで、俺じゃなくて、こいつが」

「あっ？　あの——ええと、あんたの方が体格いいし、声もでかいし」

ツァーヴは一瞬だけ理由を考えたようだったが、すぐに陽気であり、なおかつどこかだらしのない笑顔を浮かべた。

「積極的で元気もいいから、よく働くんじゃねえかなと思って。……ですよね、兄貴？」

「……わかった。いまのは先にお前に説明しなかった俺が悪かったし、それなりに効果的だったとは思う。ただし……」

俺はツァーヴの脛《すね》を蹴とばした。

「二度とするな」

「いてぇ！　――あ、いや、そうっスよね！　やっぱ腕だけじゃなくて、ちゃんと殺した方がよかったっスよね？」

「違う。貴重な戦力なんだからもうやめろ。そいつは医務室に運んで、聖印で止血しとけ」

そう釘を刺しておいて、俺は中庭を後にする。

実のところ、許可は出ていた。

囚人たちは戦場のどさくさに紛れて略奪を行った死刑囚であるため、『どれだけ手荒く扱っても問題ない』ということ。俺たちが直接的な危害を加えることも問題にならないということ。万が一にも生き残ったら、死刑を免除しても構わないということ。

そのことは囚人たちにも伝えていた。それはつまり、この要塞が毒で汚染されて全滅するであろう結末が確実視されているということだ。

ともあれ、こいつらの指導はツァーヴに任せた方がよさそうだ。囚人どもの首に刻まれた聖印が、派手な暴動だけは抑えてくれるだろう。

――そうして、俺は『司令室』に向かう。

要塞の最上部にある部屋で、人気《ひとけ》のない要塞でも特に静かだ。その部屋では、ノルガユが司令官の座に腰掛け、背後にベネティムが控えて立っていた。

「ザイロくん。とりあえず囚人は集めておきましたよ。見ましたか？」

と、ベネティムは言った。監獄と賄賂で交渉したのはこいつだ。

「うむ。ご苦労」

答えたのはノルガユ陛下で、いかにも重々しくうなずいた。

「犯罪者どもといえど、国土の危機だ。制御が利くならば、存分に使うがいい」

「……おい、なんで陛下がここにいるんだよ。工房で聖印調律の作業に集中させとけよ」

「私も止めましたよ。でも陛下、人の話を聞かないんですよ」

無理だったか、と思った。ベネティムの口先も、何かを決断した陛下を止めることはできない。

というか、たぶん誰にも止めようがないかもしれない。

「兵の数は、まだまだ足りんぞ」

と、ノルガユ陛下は深刻な顔で唸っていた。

「我が軍の増強計画はどうなっている。ベネティム宰相！　速やかに報告せよ！」

「ええと……これはザイロくんに相談すべきだと思ったんですけど」

言って、ベネティムは筒状の何かを掲げてみせる。

封書だ。その押印は、見覚えのある家紋だった。「波間に跳ねる大鹿」。

「ザイロくん、きみ宛に届いたこの封書ですが」

「ダメだ」

「……いえ、その。こちらの貴族の方が、きみを名指しにして、兵を貸してもいいと言っています。

差出人は、フレンシィ・マスティボルト。私個人としては、ぜひとも彼女の家に協力を仰ぎたい
と……、思って、いるのですが……」

徐々に言葉が弱くなったのは、俺がそうさせるような表情をしていたからかもしれない。よほど不機嫌に見えたのだろうか。

「そいつらには頼めない」

俺はしっかりと首を振ったが、ベネティムはまだ食い下がる気配を見せた。

「あの、参考までに言いますと、およそ二千は派兵できると……」

「忘れろ。その封書は燃やせ」

「なぜですか？　ザイロくん、こちらの方とはどういうご関係ですか？　マスティボルト家。南方の夜鬼の一族ですよね？　それがなんで、」

「昔、婚約してた」

俺の語調から、ベネティムはそれ以上の追及を止めることにしたようだった。

「それに、いまさら派兵しても間に合わない。以上、話は終わりだ。もうするな」

「同感だ。それだけの兵ならば農民も含まれているであろうからな。いまは冬への備えが必要な時期である」

ノルガユ陛下のおっしゃることは横に置いておかねばならない。いちいちごもっともであるが、さっさとこの兵力に関する問答を終わらせ、工房にお戻りいただかなくては。

「ジェイスとライノーは、やっぱり無理なのか？」

「一応、伝書鳩《でんしょばと》を飛ばしました。これもお金がかかりましたよ」

「各方面にいる精鋭を速やかに集めよ。それは貴様の仕事だ、宰相」

「……ジェイスくんは大変多忙で、なんというか、その、ご令嬢に無理をさせたくないと。殺すぞと言われました。……あと、ライノーからは無視されました」

「ありえるな」

「なんだと？　ライノーめ、無礼な男ではないか！　いますぐ余の名において呼び出せ！」

ライノーという男は何を考えているかまるでわからない。ある意味でタツヤ以上だ。あいつは俺たち懲罰勇者の中で最も――なんというべきか――ツァーヴ風に言うならとりわけ『ヤバい人』ということになる。

やつだけは、俺たちとは、ほかの勇者とは違う。それは俺も認めざるを得ない。なぜなら、やつは自ら希望して勇者になった、志願勇者だからだ。

「傭兵はどうだ？　話はしてみたか？」

「連絡は取ってみましたけど、報酬がないことには動きませんよ」

「ならば国庫を開け！　足りなければ、貴族どもだけではない。神殿から税を取り立てよ」

「どうするんですか、ザイロくん」

「金策はいまドッタがやってる」

「急げ。信頼できる貨幣を流通させ、価値をあげるのだ。いま王国にはびこる悪貨を駆逐するにはそれしかない」

「ドッタが間に合えばいいんだが――」

俺は司令室の窓に目をやった。日が暮れかけている。

その赤くなりはじめた空を背に、黒々と近づいてくる異形《フェアリー》の群れが、もはやはっきりと見えていた。鉱夫たちが、正門前で作業をしている。穴を掘り、聖印を刻んだ丸太をそこに備えるのだ。簡単な馬防柵――のようなものといえるだろう。

「あいつらはもう下げた方がいいな」

鉱夫たちの命の価値は、俺たち勇者や死刑囚どもとは違う。

正門にはつかせるが、ぎりぎりまで直接戦闘に参加させたくはない。なにより本職の軍人でもない。聖騎士の援護に徹するべきだ。本当なら、戦列にも加わってほしくない。ある意味でノルガユに騙されているようなものだ。

とはいえ、彼らの動機もわからなくはない。生活のためだ。

ゼワン＝ガンで働いていた彼らは、このあたりの集落の出身なのだろう。ミューリッド要塞が失われれば、住み処《すか》を捨てて避難するしかない。何の生活の保障もない避難。その先で同じように仕事が見つかるか、と言われれば、難しいだろう。

結局、俺の軍への不信感はそこに行きつく。ミューリッド要塞を毒で汚染してでも魔王現象『イブリス』を止めるというのは、近隣住民の生活を放棄させるような作戦だ。

「何を考えてるんだ、ガルトゥイルは。こんな戦いを続けてたら人類は破綻するぜ」

「……でしたら、実際に人類を破綻させたい人々がいるのでしょう」

不意に、ベネティムが妙なことを口にした。やつは俺の傍らで、小声でささやく。

「ザイロくん、陰謀論は好きですか？」

「クソくだらねえ」

俺は呆れた。ベネティムが変な新聞に変な記事を書いていたということは知っている。はっきり言って情報源としては何の役にも立たない代物だ。

「魔王崇拝者だとか、共生派だとかって戯言だろ」

どちらも魔王を崇拝したり、魔王との共生を理念に掲げていたりするやつらだ。当然、表立っての活動はしていない。そういう秘密結社みたいな連中がいるという噂はずっとある。

「そんなアホな連中が軍の中枢にいるって言いたいのかよ」

「……だったら困りますよね。そんなこと、ありえないし……」

そこでベネティムはますます奇妙な笑みを浮かべた。

「しかしですね。そういう勢力が、人類を上手に負けさせるために動いているとしたら、この支離滅裂な命令も納得できませんか？」

俺は何も答えなかった。そう考えないと、説明がつかないような状況ではある。軍の上層部に悪質なやつらがいる。その存在を前提にすると――たしかにクヴンジ森林での理不尽な命令にも、ゼワン＝ガン坑道での作戦の微妙さも、理解ができる。それはきっと俺を嵌めた『やつら』なのだろう。クソッタレのゲス野郎ども。魔王崇拝者だか共生派だか知らないが、とにかく『やつら』は確実にいる。

だが、いまはやるべきことに集中しなければ。

「テオリッタを呼んでくれ」

もはや準備の時間は終わった。

俺は暗澹《あんたん》とした気分になる。人員の補強はほとんどうまくいかなかった。初期よりはマシという程度で、状況は変わらず孤立無援。

まさに懲罰勇者部隊にふさわしいといえるかもしれない。

「俺とテオリッタは打って出る。時間になったら裏手門を開けてくれ」

「そのまま逃げないでくださいよ、ザイロくん」

「それは約束できねえな」

俺は嘘をついた。

ここから逃げ出す――そうできればどれだけまともな人生を送れていたか。

刑罰：ミューリッド要塞防衛汚染4

魔王現象に対するにあたって、城砦《じょうさい》が有する最も効果的な防御法がある。

堀を水で満たし、跳ね橋を上げること。物理的な接近を困難にしてしまうことだ。

こうなると、魔王の軍勢は攻めあぐねる。水陸両用の異形《フェアリー》であるフーアやケルピー、あるいはオベロンのような飛行戦力に頼るしかない。そうでなければ、魔王現象の本体が特別な攻撃を行うか、無視して包囲し、閉じ込める手があるのみだ。

俺たちが相手にする魔王現象十五号『イブリス』の軍勢は、およそ一万。第九聖騎士団が相当に減らしまくったはずだが、まだそれだけの数がいる。

その中核が魔王『イブリス』なのだから、想定される戦力規模は三万を軽く超える。普通なら、たった一つの城砦にとってこれは絶望的な数だ。

しかし、その中に水路を踏破できる異形《フェアリー》の数は少ない。飛行種もほぼ存在しないことは明らかになっている。乾燥した地帯か、あるいは凍土で生まれた魔王現象によくある編成だ。

よって、俺たちがとるべき防御策は、本来なら簡単だった。堀にカドゥ・タイ河の水を引き込み、跳ね橋を上げるだけで、持久戦に持ち込める。その間に外部からの救援を待てばいい。できれば比較的話の通じる第六聖騎士団がいい。

――ただし、その方法は最初から禁じられていた。

理由は二つ。

一つ、救援が来る当てはないこと。

二つ。城砦に引き込み、毒で『イブリス』を無力化することが戦いの目的であること。

つまり自ら敵を招き入れるしかない。堀に水は満たしたが、そこまでだ。正門と裏手門を塞ぐことは許可されていない。俺たちは跳ね橋を下ろしたまま、魔王現象と対峙することになった。

そうして異形《フェアリー》の軍勢が押し寄せるのを、俺とテオリッタは丘の上から見ていた。

明るすぎる月の夜だった。月の色は、ややくすんだ緑。より乾いた、冷たい空気の訪れを知らせるような月の色だった。

その月光の下、魔王の軍勢が蠢く。

まず攻め寄せるのは、コシュタ・バワーと呼ばれる異形《フェアリー》化した馬の群れ。機動力と突破力があり、蹄《ひづめ》は鉄の盾ですら踏み砕く。その口には牙が生えそろっているのが普通だ。やつらが正門から攻めかかった。

『総員、構え!』

ノルガユ陛下の苛烈な声が響き渡る。俺の首の聖印のせいだ。懲罰勇者部隊の通信ならば、聞きたくなくても勝手に入ってくる。

『狙いをつけよ。まだ撃つな』

正門の壁の上で、五十人ほどの鉱夫たちが杖を構えるのがわかった。

聖印を刻んだ雷杖だ。

「正気かよ。ベネティムの野郎」

俺は思わず呟いてしまった。

城壁の上に、鉱夫たちを指揮する男の姿を見た。杖をつき、木製の片足を引きずる、大柄な髭面の男。ノルガユ陛下にほかならない。

「陛下の出撃を止められなかったな？」

それが良かったのかどうか——判断はできない。とりあえず、鉱夫たちの士気が高いことだけはわかった。緊張していながら、正門の城壁には戦意が満ちていた。

『まだだ。引き付けろ』

と言ったノルガユの指示も間違っていない。跳ね橋にコシュタ・バワーどもが近づく。草食動物だったとは思えない、恐るべき形相の馬の群れ。

鉱夫たちはそれに対し、慌てて拙い射撃を行うようなことはなかった。むしろ、よく指示を聞いていたといえる。

『よし』

ノルガユの許可は、悪くはなかった。特に距離がいい。

『撃て！』

雷杖が起動する。

たとえ鉱夫たちに戦闘経験がなくても、その威力は変わらない。ほかでもない、ノルガユが調律した聖印の威力は万全だった。他人が刻んだ聖印を、あの男は根本から容易く組み換え、威力を飛躍的に伸ばす。

雷が虚空を貫き、何頭かのコシュタ・バワーを撃ち抜く。七割くらいが狙いを外していたが、それでもよかった。これは出足を鈍らせ、攪乱《かくらん》するのが狙いだ。

『――防御柵！』

こっちの号令は、ノルガユ陛下ではない。キヴィアのものだ。張り詰めた声が響き渡る。

『引き上げろ！　聖印起動！』

正門前に潜んでいた聖騎士団が動いた。

先を尖らせた丸太の群れが、コシュタ・バワーの行方を遮るように引き上げられる。聖印を刻んだ丸太だ――激突した者、あるいは隙間をすり抜けようとした者に、強い稲妻が迸った。

この大仕掛けもまた、ノルガユの手によるものだ。

やつはたった一人でも異常な腕前を誇る聖印技師だが、その真価は人を指導するときに発揮される、と俺は見ていた。ノルガユという男は、聖印の彫刻という複雑な作業を、誰にでも理解できる設計図として示すことができる。

つまりこれは、その辺を歩いている人間を、即座に熟練の職人に変えられるということだ。ノルガユの指示に確実に従う人間さえ集めれば、その集団は、やつの意志の下で動く巨大な工場として稼働することになる。

鉱夫たちは完璧だった。実によくノルガユの指示に従った。

『いいぞ。万全だ！　皆、よく仕上げた！』

と、ノルガユが怒鳴った。

どうやら陛下も満足いく出来栄えになったらしい。ミューリッド要塞にもともとあった設備にも手を加えたことで、いくつもの聖印兵器が連動した。起動すれば敵を何十、何百、ときには何千と殺傷するに足るだろう。

――これこそが、ミューリッド要塞の防衛手段のほぼすべてだった。

ノルガユの調律した聖印で、敵を食い止める。

その大方針が俺の考えた防衛戦術だった。せいぜい二百程度の人数で、要塞を少しでも長くもたせるには、聖印兵器の威力に頼るしかない。

現にノルガユの仕上げた強力な防御柵は、大型の異形《フェアリー》すら食い止める力があった。いま黒焦げになって倒れているコシュタ・バワーたちがその証拠だ。木の杭に刻んだ聖印を、一秒のずれもなく連鎖起動させるという芸当は、さすがノルガユといったところだ。限りある聖印兵器を連結させることで、飛躍的に威力を高める。

これは実際に敵に与えた損害以上の効果があった。

聖印の威力を見て、後続のボガートや、バーグェストといった連中が躊躇しているのがわかる。魔王の命令さえあれば、死すら厭《いと》わない異形《フェアリー》だが、無駄な自殺は避けるようにできている。

それはすなわち、魔王が有効な攻撃手段を指示できていないということになる。

『次の射撃に備えよ！』

ノルガユは朗々と響く声をあげていた。

『見事な射撃だ。諸君ら勇士の攻勢に、敵は怯んでいるぞ！』

『大丈夫っスか、陛下』

と、なんだか困ったように言ったのはツァーヴで、こっちは裏手門を担当している。三十名ほどの囚人を従え、城壁の上で狙撃用の雷杖を構えていた。

『ちょっと前に出すぎなんじゃないっスか？　ベネティムさん、面倒見てくださいよ』

喋りながら、ツァーヴは裏手に回り込む敵へ射撃を繰り出している。

正確無比といっていい。

頭部と心臓以外を狙うつもりがないように――迂回機動を試みたコシュタ・バワーや、堀を泳ごうとする小勢のフーアを射撃によって破砕していく。囚人たちも、ツァーヴに続いて射撃を試みている。それなりの牽制にはなっているはずだ。

これもまた認めたくはないことだが、ツァーヴにはなかなかの戦闘指揮の才覚がある。あの死刑囚どもが丸一日ですっかりツァーヴの指示を聞くようになった。一斉射撃もそれなりに呼吸が合っている。射程距離外の無意味な射撃というものが少ない。

『いや、その――私もですね。必死で陛下を止めたんですよ』

ベネティムの泣きそうな声。言い訳が始まる。

『でも、ぜんぜん話を聞いてくれなくて』

『くどいぞ、宰相！　余は王である。余が最前線に身を晒すことで、兵は奮い立つ！』

ノルガユの叱責。その言葉は、事実であるのが恐ろしい。正門の城壁を守る鉱夫たちの士気は俺が呆れるほど高い。

『ベネティムさん、ぜんぜんダメじゃないスか。止められてないし。ベネティムさんから口先のごまかしを取ったら何が残るんスか』

『ええ……？　ちょくちょく失礼ですよね、ツァーヴは』

『いやあ、オレはどうかと思うなあ』

無駄口を叩きながらも、ツァーヴは射撃を止めない。よくこんな調子で、しかも部下に指示を出しながら、狙撃に集中できるものだと思う。

その腕前は変態的といえるだろう。

一射を撃つごとに、確実に一匹――いや二匹はまとめて貫く。ときには三匹。大型の異形《フェアリー》はその足を丁寧に撃ち抜き、転倒させて、小型を巻き添えに圧殺《あっさつ》させる。飛び跳ねて堀へ飛び込もうとしたカエル型の異形《フェアリー》を空中で撃ち落とす。

そういう芸当を、ひっきりなしに喋りながらやってみせる。

『ぶっちゃけ陛下って、オレらよりはるかに重要でしょ。陛下に何かあったら要塞もたないっスよ。……兄貴、どう思います？』

「そうならないように、少しは考えた」

『おっ、さすが兄貴。それってどんな』

それはまるで、ツァーヴの疑問に答えるようだった。

『行くぞ！』

キヴィアの鋭い声が再び響き渡り、聖騎士団の騎士らしい動きが始まる。

要するに、それは馬に乗ることだ。全身を印群甲冑で固めた騎士が、騎乗し、魔王の軍勢をかき回す。槍を振るうたびに炎や閃光が走る。

キヴィアの指揮は、俺から見ても悪くはない。魔王現象の軍勢に、深く食い込む——と見せかけて、引く。あるいは突き抜ける。そうやって釣り出した魔王現象の勢力に対して、反転して攻撃を仕掛ける。

キヴィアたちは小勢で、せいぜい二十騎ほどにすぎないが、その甲冑は特別だ。夜の闇を照らすような炎を放ち、敵の追撃を許さない。異形《フェアリー》たちの戦列を攪乱し、簡単には要塞に近づけないように運動している。

「……なかなか見事ですね、キヴィアは」

テオリッタが、俺の傍らでそう言った。どこか不満そうな響きがあった。

「あいつらが片づけてくれたらいいんだけどな」

半分だけ本気で俺は言った。

印群で身を固めた万全の状態の騎士は、平地での白兵戦において俗に歩兵三十人分の働きをするといわれる。時と場合によっては、それ以上とも。

「キヴィアの指揮なら千人分の力はある。俺の出番がなけりゃ、それはそれでいい」

「……ザイロ！」

テオリッタは俺の正面に回り込んだ。きつい目で俺を見上げる。

「なんと気概の足りないことを！　あなたは私が特別に祝福して差し上げているのですから！」

彼女は俺の胸を指でつついた。少し痛い。それくらい強いつつき方だった。

「キヴィアに負けていては面目が立ちませんよ！」

「面目なんていられねえよ」

俺は苦笑いするしかない。実際、戦線は思ったよりうまくいっていた。

ノルガユによって激励された鉱夫たちの果敢な射撃と、聖印による防御柵。裏手門を守るツァーヴのめちゃくちゃな精度の狙撃防御。これを抜けて突破するには、相応の被害を覚悟しなければならない。魔王現象の本体が来るまでもちこたえるのは、そんなに難しくない――

そう思ったのが、運のツキだったかもしれない。

『あ。なんスかね、あれ』

ツァーヴが訝《いぶか》しげに呟いた。

魔王の軍勢、その中央を割るように、数百の一団が突進してくるのが見えた。

そいつらは馬に乗っていた。人型の影が、コシュタ・バワーに跨《また》がっている。鞍《くら》をつけ、鐙《あぶみ》を備えて、その手には弓。弓につがえた矢には、炎が燃えていた。

『……人間？』

ベネティムの驚愕した声。

そうだ。人間が、コシュタ・バワーを駆っていた。異形《フェアリー》ではない、通常の人間が。俺の地点からでも、そのくらいの区別はつく。

(だが――)

聞いたことがなかった。

異形《フェアリー》化していない人間が、魔王現象の軍勢に味方するとは。

(なんなんだ、あいつらは)

そして、人間たちは火のついた矢を放つ。

それは聖印の刻まれた防御柵に突き刺さり、燃え上がらせる。聖印の防御が焼かれていく。

こうしてミューリッド要塞の守りは、戦闘開始からわずかのうちに、その重要な外殻が失われようとしていた。

刑罰：ミューリッド要塞防衛汚染 5

「どうなってんだよ」

俺は苛立つ声を抑えられなかった。

人間が、武器を使って、魔王現象に混じっている。

この異常性は大きい。異形化《フェアリー》した人間とは意味合いが違う――人間の中に、ついにやつらと同調する勢力が出てきたということだ。

魔王現象の中にはごく少数ではあるが、人間の言葉を解する者もいることはわかっていた。そういうやつは人間のそれに近い精神形態を持っている。

であれば、お互いの利益を目的として、交渉が成立しないとはいえない。そんなことを考え付くやつはどうかしているとは思うが、とにかく理屈の上ではそうだった。あるいは、魔王現象からなんらかの精神的な干渉を受けている？

できればそうであってほしい。ただ、あの『イブリス』にそんな性質があるとは聞いていない。

「ザイロ」

と、テオリッタは言った。顔が青白い。この事態を深刻に捉えているようだ――理由はわかる。

「大きな問題が出てきました。私は人間を攻撃できません。そのようなことが、仕組みとして不可能なのです」

「わかってる。なんとかする」

とは言ってみたが、こいつはまさに深刻すぎる問題だ。

「……キヴィア！　聞いてるか、どうなってるんだ？　あいつらはどこの連中だよ、第九聖騎士団からは何も聞いてねえぞ」

何回か呼びかけて、ようやく応答がある。

聖印による意思疎通は、懲罰勇者以外が相手だと途端に精度が落ちる。ある種の「波長」のようなものがあると聞いたことがあった。

『……私にもわからない』

なんてありがたい答えだ。

キヴィアたちの一団は、とにかくいちはやく正門前から離れようとしていた。追撃してきた異形《フェアリー》どもを、伏せていたらしい十数騎の救援とともに迎え撃っている。

『貴族の私兵であることは確実だ。馬の扱いと騎射の腕がある』

しかも、二百はいる。

甲冑ではない軽装だが、具足を身に着け、頭は兜で覆っている。よって顔はわからない。そういう連中がコシュタ・バワーに騎乗しながら、火矢を放つ――あっという間にノルガユ陛下の築いた馬防柵が燃え尽きていく。ちょっとした悪夢的光景だ。

「貴族の私兵って、なんだよ。なんでそんなやつらが魔王の手先をやってるんだ」

『……わからない』

「わからないことだらけだな！　じゃ、攻撃していいんだな？　捕まえて吐かせる」

『そうするしかあるまい――と言いたいが、無理だ。離脱したぞ！　これでは追えない』

「くそ」

キヴィアの言葉通り、騎兵の集団は馬防柵を燃やすと、さっさと最前線から離れていく。聖印群の甲冑で重武装したキヴィアたちには追う足がない。つまり正門からの城攻めはやつらの役目ではない。向かう先は――地下道か。そこはあえて門を開けてある。そちらに回るつもりだろう。

(不幸中の幸いってとこだな)

正直言って、助かった。俺たちが人間を相手にする必要はない。

『ザイロくん、大変です！　なんか地下道に来ましたよ！』

「見てりゃわかる。あいつら、この城の構造知ってるな」

『だからヤバいですって！　どうするんですか、私のとこまで来たら！』

「お前は自分の保身のこと第一だな……。でも、まあ、気にするな」

『そうっスよ。作戦の何を聞いてたんスか、ベネティムさん。タツヤさんが守ってるでしょ。まあ皆殺しっスよね』

『然り。タツヤ将軍の防御に加え、余が手ずから仕上げた爆破の聖印がある。最終的にはそれをもって防衛線となす』

ベネティムは黙った。相変わらず、指揮官にあるまじき男だ。

とにかく、地下道は安全だ。異形《フェアリー》を引き連れて攻め込まれてももちこたえるだろうし、なにより最後の手段を使える。地下道ならば爆破して封鎖してしまえばいい。せいぜいそっちに引き付けてもらうことだ。

このことから、あの騎兵のやつらは城攻めの経験があまりないことがわかる。貴族の私兵――だとしても、軍に近い派閥の連中ではなさそうだ。あるいは神殿か。

『っつーか、地上班のオレらはどうすんスか？』

ツァーヴの声は面倒臭そうだった。

『オレ、こっちで手一杯なんで正門まで対処できないっスからね』

やつの言う通りだ。正門側から、大型の異形《フェアリー》たちが進出してきている。

カイラックと呼ばれる種類のものだ。牛を素体にした巨大な獣で、分厚い装甲に覆われ、強靭《きょうじん》な角を備えている。それが破城槌のような役目を果たす。城門に近づけないようにするしかないが、雷杖による射撃程度では止められない。

『ベネティムさーん、司令官でしょ。なんとかしてくださいよ』

ツァーヴの声に焦りはない。ただ、裏門に近づこうとする異形《フェアリー》を順番に狙撃していく。

『せめて陛下を壁から下ろしてもらっていいスかね？　カイラックが出てきてますよ、あれじゃ正門がもたない』

『そ、そうですよ！　陛下、ここはお引きください！』

『いいや、そちらから増援を送ってよこせ！　ここは国土防衛の最前線、余が直卒する城砦！　それが破れて王が退いたとなれば、国土は心の支えを失うことになる！』

『こっちに増援なんていませんし、あの、それに……』

そもそもお前は王じゃない、という言葉をベネティムは飲み込んだ。賢明だ。それは陛下を激怒させるだけの効果しかない。

『砲門、開け！』

ノルガユは朗々と声を張り上げた。

『砲撃用意！　あの大型の異形《フェアリー》を近づけるな！』

城壁の各所で、動きがあった。ごりごりと異様な音が響く。

この要塞に備え付けられている砲には『ランテール』という製品名がついていた。ヴァークル開拓公社が開発した、聖印砲弾射出兵装。弾体に捻りを加えて射出し、飛距離を安定させる機構を備えている最新型だった。

かなり威力はあるが、正門方向には全部で四門しか整備できていない。このミューリッド要塞を守る残りの人数では、それが限界だった。

『――撃て！』

ノルガユの調律した砲だ。威力も爆発半径もそれなりにでかいが、素人では狙いがどうしようもない。むしろ、砲弾が暴発しなかっただけ褒めた方がいい。

よって直撃こそしなかったものの、多少は効果があった。

散発的に放たれた砲は、カイラックを数匹ほど巻き添えにして吹き飛ばした。残りも無事では済まない。とりあえず凌いだかたちになるだろうか――最初の一つの波だけは。連射ができない以上、次の戦列を組まれて繰り出されたら、正門まで到達されてしまうだろう。

『おのれ、やはり狙いが不十分か。威力も足りん！　砲兵だ！　ライノーは何をやっている。ベネティム宰相、あの愚か者をいますぐここに呼べ！』

『私の話、聞いてます？　いませんって、陛下』

『ならばジェイスだ！　航空戦力を呼べ！　敵陣を破壊する！』

『それもいませんから』

『で、あれば――』

もはや次に出る言葉はわかっている。俺はテオリッタの肩を叩いた。振り返った彼女に目配せをする――出番だ。

『ザイロ総帥！　敵陣本営、敵将を討て！　もってこの敵を撤退せしめよ！』

「仕方ねえな」

想定よりも速い。魔王現象『イブリス』は、まだ敵の後列をゆっくりと移動している――あれが前線に出てきてから、城壁の援護を受けて攻撃したかった。

それでも、いまはやるしかない。城に侵入されてからでは遅い。

「テオリッタ」

俺は言わなければならなかった。

「本当なら、もう少し後の出番だったはずなんだ」

「いえ、待ちわびていました」

テオリッタは、すでに炎のように燃える目で、俺に先立って歩き出している。

「《女神》と聖騎士の戦とは、このようなものでなくてはなりません。これこそ、人々のための戦いです。いまここにいない、顔も知らない誰かのための！」

輝く金髪をかきあげて、小さな火花を散らした。始まった、と思った。

「いかにも《女神》らしい台詞だな。今度舞台とか上がってみるか？」

「あなたこそ」

テオリッタは生意気な目つきをした。

「その言葉は、そっくりそのままお返しします。いま、自分自身がしようとしていることを考えてみなさい」

そうして俺は、眼前に指を突きつけられた。

「あなたこそ自分の命を賭けてばかりいます」

「俺はいいんだよ、不死身だから」

「嘘ですね」

テオリッタは即座に俺の言葉を否定した。

「不死身ではなくても、あなたはやるでしょう。それなのに、あなたは私たち《女神》の在り方を嫌いだと言いました」

「やめろ、それ」

「いいえ、やめません。あなたのその感想は結局のところ──」

俺は黙って、その続きを聞くことにした。一度くらい、テオリッタにもやり返す機会があってもいいだろう。俺は散々好き放題に罵ってきたからだ。

「同族嫌悪というものです」

「知ってるよ、くそっ」

テオリッタと俺の戦う理由は一致する。テオリッタは人から褒められるために戦う。俺は人から舐められたくないから戦う。認めたくはないが、それはどっちも同じことだ。こいつも俺も、他人から評価されるために命を賭けようとしている。

恥ずかしいやつだ、と俺は自嘲する。人からどう思われるか、なんてことが戦う理由になるとは──どれだけ見栄《みえ》を張りたいんだ。英雄にでもなりたいのか。セネルヴァのことがあったのに、俺は少しも懲りていないのか。

しかし、それでも、やはり、俺は俺自身から逃げられない。

「わかった」

と、俺はうなずいた。

「……お前の言う通りだよ。俺の負けだ」

「でしょう？」

ふふん、と、テオリッタは鼻を鳴らした。嬉しそうだった。

「だからあなたを騎士として選んだのです！」

(悪くないな)

気分はいい。やるべきことが明快だ。

ここで勝つ。ミューリッド要塞を守り抜く。それはテオリッタを守ることになる。こいつの『有用性』とやらをガルトゥイルの軍部に教えてやる。それが必要ならば。

それに、俺たちの籠城に付き合う羽目になった聖騎士団。鉱夫たちも助かる。あとは――それこそ顔も知らない、いるかどうかもわからない誰かが。この要塞が放棄されることは、人類が戦線を後退させるということ。周辺の集落を根こそぎ見捨てるということだ。それを止められる。

俺はありったけの理由を並べた。

これだけ理由があれば、なんだか英雄らしい戦いができそうじゃないか。

意味のある戦いに勝利したい。他人を助けることで、自分をたいしたやつだと思っていたい。俺もまだまだ捨てたもんじゃないぞと信じたい。『客観的』に見れば、なんてつまらない動機だ。

でも、他人がどう感じようが知ったことじゃない。これは俺の戦いだ。

「あなたは勇者で、私は《女神》です。その戦いを祝福しなければなりません――」

そこでテオリッタは俺が知る限り初めて、はっきりと冗談を言った。悪ふざけをする子供のような笑顔で。

「お互いにそれが仕事ですから、仕方ありませんよね？」

「わかってきたな」

俺は《女神》を抱え上げる。

そして、地面を蹴る。飛翔印を全開に、空へと跳ねる。

「その調子だ。余裕で勝てる気がしてきた」

「でしょう」

テオリッタが嬉しそうにしがみついてくる。

俺はナイフを引き抜いて、眼下に群れを成す異形《フェアリー》の群れに投げ込む。体を捻って立て続けに三度。

激しい閃光と爆音が、やつらの隊列を乱した。

目指すは、魔王『イブリス』。

その巨体が、一万の異形《フェアリー》どもの奥に見えている——全員、吹っ飛ばしてやる。

刑罰：ミューリッド要塞防衛汚染 6

その日、第十三聖騎士団歩兵隊長ラジート・ヒスローは、地下道で魔人を見た。

タツヤと呼ばれる懲罰勇者のことだ。

地下道封鎖のために配備された聖騎士団の兵は二十人ほど――その部隊の指揮官が、歩兵隊長のラジート・ヒスローだった。

押し寄せてきた侵入者を見たときには、死を覚悟した。この地下道が墓標になるのだと認識せざるを得なかった。地下道を突進してくる、コシュタ・バワーと呼ばれる異形《フェアリー》を駆る人間たち。その様子は驚愕であり、恐怖でもあった。

「人間と、異形《フェアリー》だと？」

と、雷杖を構えた部下の一人が呟いた。

「あり得ない」

それはラジートも同じ感想だった。信じたくないものを見ていた。

誰もが衝撃を受けていた。そのままであれば、蹂躙されていただろう。敵の数は多く、動揺した兵士たちに勝ち目はない。本来ならばそうだった。

このときは、『タツヤ』と呼ばれる男がいた。

「ぐぐ」

という、喉が鳴る音。

それと同時に、タツヤは戦斧を構えて飛び出していた。ラジートたちが応戦を開始するよりもずっと速く。追いつけない速度で。

「ぐ、ぶぁあああう！」

異様な雄叫びが響く。

長柄の戦斧を、タツヤは片手一本で旋回させた。それで先頭の一騎を叩き潰すと、別の一騎から繰り出されてくる槍を左手で摑み、引きずり倒しながら切り上げる。というより吹き飛ばした。背骨を断ち割り、続けて振り下ろす動きで馬の方――コシュタ・バワーにも止めを刺す。

それから昆虫か何かが跳ねまわるように、タツヤの四肢は動いた。

「なんだ、あれは」

部下の誰からともなく、呆然とした呻き声が漏れた。

「あれが人間の動きか？」

それは正直な感想でもあった。

横に跳び、壁に張り付いたかと思うと、戦斧を敵に叩きつける。人間の肩があんな風にぐるりと動くのを、ラジートは初めて見た。ときには天井すら足場にして、騎兵を馬ごと両断する。繰り出される敵の槍を弾き返し、へし折る。

「――怪物だっ」

敵の騎兵が悲鳴をあげた。

「こいつ……こいつも異形《フェアリー》なのか？　速すぎる、無理だ、固まって守れ！」

何人かかが恐怖に駆られて、誤った選択をした。そもそも防御という行動は、騎兵にとって苦手な領域だ。ただまとめて叩き切られるだけの末路になる。

タツヤは並べて突き出された槍をかわし、地を這うように低く駆けた。同時に長柄の斧が跳ね上がれば、血飛沫《ちしぶき》が天井まで飛ぶ。

「――総員、援護しろ！」

そこでようやく、ラジート・ヒスローは我に返った。

「あの懲罰勇者を包囲させるな！　雷杖、撃て！」

それで射撃が始まると、あとは一方的だった。

どうやらこの地下道のような閉所は、タツヤが最も得意とする戦場であるようだった。天井も壁も関係なく飛び跳ね、戦斧の鋼が雷光のように走って侵入者を遮る。

最後の手段として用意していた、聖印による爆破封鎖計画を実行する必要もなかった。結局、ラジートたちにできたのは、タツヤの討ち漏らしを片づけること。その背後を援護するぐらいのことでしかない。

最終的にはタツヤが粉砕した連中の血と肉で足元が溢れかえり、嘔吐《おうと》する者もいた。

（――これほどの殺戮を、躊躇もなく成し遂げる）

動く敵がいなくなると、タツヤはその凄惨な死体の只中で、頭上を見上げて停止した。とても人間とは思えない。まるで人形のように立ち尽くす姿に、ラジートは異様なものを感じていた。

「ひゅぅぅぁあああう」

と、喉から絞り出す呻き声は、深海から浮上した潜水士の呼吸のようだった。

(何者なんだ、この男は)

とても人間とは思えない。

魔人、という言葉が脳裏をよぎった。

◆

月光が陰る。

雲の流れが速く、風が吹き始めていた。

俺とテオリッタはその風の間隙を縫うように跳んだ。異形《フェアリー》どもの真ん中を突っ切るようなことはできない。短いながらも空中を跳べる、飛翔印サカラの機能を最大限に活《い》かして戦う必要があった。

これは俺のような雷撃兵の最も得意とする分野だった。

雷撃兵という兵科は、最近になって考案された存在だ。

初期の設計テーマは、短距離の跳躍機動と、それによる敵頭上からの火力投射。

特に機動力という点に注目が集まった。強力だが小回りの利かない、ドラゴンを駆る竜騎兵を補う存在として期待されていた。異形《フェアリー》の軍勢に楔《くさび》を打ち込み、また魔王現象の本体に直接的な打撃を与える、決戦兵力。

ただし飛翔印による機動と、そこから有効な攻撃を行うには、多大な訓練が必要だ。普通に歩兵をやっていたやつが、そう簡単に慣れる動きではない。そのため兵士の量産は難航していたが、設計思想自体は図に当たっていたといっていい。

騎兵よりも素早く、立体的に戦場を迂回し、敵後方における中核を攻撃する。

このとき俺とテオリッタが試みたのも、それだ。敵集団を最小限に迂回して、魔王『イブリス』を目指す。交戦は無駄なので極力避ける。

とはいえ、俺たちの姿に気づいた異形《フェアリー》たちは、ほとんど反射的に襲ってくる。ミューリッド要塞の周辺はなだらかな丘と、草原が広がり、遮蔽物などは数えるほどしかない。

つまり、どんなに努力しても避けられない戦いが発生する。

「来ました、ザイロ」

俺の首にしがみつきながら、テオリッタが叫んだ。

「大きな犬の怪物です、それにカエルども！」

耳元に風を感じる——俺も眼下を見下ろす。

バーグェストに、フーアども数匹。こっちを捕捉している。それに続いて、魔王現象の群れから一団が迫ってくる。さっきから、こうやって俺たちを狙ってくるやつを何匹か始末してきた——そろそろ完全に、目障りなやつとして認識されてしまったようだ。

それを証明するように、もう間近に迫る魔王『イブリス』がこちらを見るのがわかった。

巨大な、黒いナメクジのような見た目だった。想像していたよりも小さく感じる。せいぜい象と同じくらいではないだろうか。その体表上にずらりと並んだ赤い目玉が、俺とテオリッタをはっきりと視認している。

「あいつら、そろそろ真面目に俺たちを狙ってくる。気合入れろよ」

「わかっています」

テオリッタは手を伸ばした。

「どうぞ我が騎士」

指先に火花が散る。

俺は速やかに応じた。見事な刃の片手剣が一振り——虚空に生まれたそれを摑んで、地面へ投げる。バーグェストの体に突き刺さり、爆破し、俺はその血と泥の中に降り立つ。

フーアどもが俺たちを囲むように迫ってくる。

(ナイフは、あと五本か)

俺はナイフを引き抜き、一呼吸のうちに投げる。

閃光、爆破。走り抜け、跳躍する。風が唸っている。騒音と光で、かなりの数の異形《フェアリー》どもの注意を引いた。俺の着地点を押さえようと、さらに数十匹が向かってくる。

テオリッタが燃える目を見開き、それをすべて見ていた。

機動戦闘を行う聖騎士にとって、《女神》とはもう一つの目だ。死角を補い、共感覚によってある種のイメージを共有する。単なる言葉による意思疎通より、ずっと早く情報を処理できる。

聖騎士にとって、これがあるべき形の一つだ。

それでもあえてテオリッタは、言葉にして告げてくる。緊張をほぐそうというのだろう。自分の、あるいは俺の。余計な気を回しやがる。

「今度は牛の怪物です、ザイロ。大きいですよ」

「あれはカイラックだ」

突撃によって、城壁すら破壊しかねない巨大な牛型の異形《フェアリー》。鉛色に光る大角。月影の下では、小さな山が動いているようにも見える。

「魔王までもう少し」

俺は先を見る。魔王『イブリス』の赤い瞳と目が合った。

「もう少しだ。何があってもしがみついてろ」

「言われるまでもありません」

テオリッタは笑い、一振りの剣を生み出す。

「死んだら、あなたに怒られてしまいますよね？」

よくわかっているな、と俺は思う。思いながら、俺は生み出した剣を握る。十分な聖印の浸透。刃が光り輝く。それを投射する。

瞬間、破壊の力が起動して、カイラックの首を半分以上吹き飛ばした。カイラックが絶叫して身をよじる。角を振り回し、地団太を踏む。俺はそれを避けるために、大きく着地点を修正しなければばならなかった。あまりよくないことだ。

囲まれかけている――いや。

俺は足に絡みついてくる何かを感じた。

（――ボガートかよ）

地中からだ。

ムカデ型の異形《フェアリー》が顔を出し、俺の足に噛みつこうとしてくる。こいつは空中からは見えない。運が悪かったとしか言えない。地雷のように地中に潜んでいた。

俺は即座に飛翔印を起動させ、噛みつかれる前にボガートを蹴り、吹き飛ばす。ばぎん、と、頭部を砕く感触。それだけでは終わらない。さらにもう一匹、二匹――次々に出てくる。俺はそいつらに対処しなければならなかった。

連続して蹴り飛ばし、逃れるために低空の跳躍。あまり跳躍距離が出せない。

（囲まれそうだな）

立て続けに飛翔印を使ったせいで、足に熱がこもっているのを感じる。再び跳躍するには、少し冷却時間が必要だ。時間にして、ゆっくりと深呼吸を三回分ぐらいか。

「今日は運が悪い。厄日かもな」

「《女神》に対する祈りと褒めが足りないのでは？」

キツいときほど軽口を叩きたくなる。テオリッタは乗ってきた。俺と精神の一部を共有しているせいかもしれない。

「わかった、あとで反省する」

俺はやるべきことを思い浮かべる。

異形《フェアリー》どもの群れ。まだまだいるが、魔王『イブリス』は近い。ここからは厳しい賭けになる。周りの連中を薙ぎ払わなくては——距離をとりたい——再跳躍の瞬間が無防備になる。

それを邪魔されないように。

(『イブリス』と戦うまで、余力が残るか？)

俺はふと湧いた疑念を押し殺した。

地上に落ちた雷撃兵の悲しいところだ。再跳躍まではどうしたって大きな隙ができる。あと数十秒は孤立した歩兵と大差ない。そして、テオリッタの力を使うわけにもいかない。重要な仕事のために残しておかなくては。

(余力が残らなくても……無理でも、なんでも)

向かってくる異形《フェアリー》どもを睨みつける。どういう手段をとるにしても、まずはこいつらを。

(気合を入れろ。やるって決めたはずだ。そうだろう？)

そう考えた瞬間に、異形《フェアリー》に動揺が走った。そのように思った。

緑の月が輝く、東の方からだ。敵の軍勢が揺れたように感じた。魔王『イブリス』の瞳も、いくつかそちらを向いた。

(……信じられねえ)

俺は緑の月光の下に、恐るべきものを見た。

翻る旗だ。紋章は、『波間に跳ねる大鹿』。知っている旗だが、見たくはなかったものだ。マスティボルト家と呼ばれている、南方のとある名家の旗。

俺が婚約していた家の印だ。

「……ベネティム」

俺は自分の声が怒りに満ちるのを感じた。

「なんであいつらが来るんだ？　嘘をついたな？」

『あの、じゃあ逆に聞きますけど、ザイロくん』

ベネティムは少し怯えたように聞き返してきた。

『なんで私が本当のこと言うと思うんですか。ザイロくん、絶対怒るじゃないですか』

ベネティムのその場しのぎの嘘は最悪だ。本当に最悪。それが状況を好転させるときがあるのだから悪質だ。

そして、悪質と言えばもう一つ。

『ザイロ！　助けて！』

ひび割れたようなドッタの声だ。

同時――今度は北部、異形《フェアリー》どもの後方で土煙が上がった。魔王『イブリス』の眼球は忙しい。またいくつかの注意が後方に割かれる。

「……ドッタ。何やってんだ」

『追われてるんだよ、傭兵たちに！　早く助けて！』

「助けるってなんだよ。金策して傭兵の救援を雇えって言っただろ、なんでお前が助けられる立場になってるんだよ」

適当な貴族の館か何かに忍び込んで、金目のものを持ってこい――それで傭兵と交渉してみせろ、と言ったつもりだった。

もちろん、途中でドッタが逃げ出すことも見込んでいた。やつが城砦にいたところで、たいして役には立たないし、むしろ足を引っ張る可能性さえ予想されたからだ。

その男が、いま、傭兵団を引き連れて、北方から魔王現象の一群に近づいてきている。土煙の規模からして、騎兵を中心とした編成だろうか。

『いや、ザイロ、冷静に聞いてよ。ぼくは思ったんだ。よそで盗んで傭兵団雇うより、傭兵団から盗んで傭兵団雇った方が早いと思って――』

「もういい。その話、聞いてるだけで急激に頭が悪くなりそうだ」

俺はすでに走り出している。テオリッタが場にそぐわない忍び笑いを漏らしていた。俺もたぶん鼻で笑ったと思う。

混乱をきたしている異形《フェアリー》ども。その中で、狂乱の勢いのまま突進してくるやつらを正面に、小さな跳躍。ナイフを打ち込んで爆破させる。

この混乱の数十秒。

やつらは東からの増援にも、北のわけのわからん集団にも、咄嗟には対応できない。無視にも踏み切れない。少なくとも俺よりずっと脅威だろう。

魔王『イブリス』までの道がガラ空きになっていた。

剣の雨が降った。

緑の月夜に白々と刃が閃き、落ちてくる。

俺はその隙を縫って駆ける。異形《フェアリー》たちはろくに対応できていない。その理由は、二種類の異なる増援のせいだ。

側面からの攻撃は、横っ面を殴られたようなものだった。そして後方から現れた騎兵たちは、魔王『イブリス』自身の注意を逸らした。異形《フェアリー》の何割かがそちらに向き直る。動物的な対応。

こいつらは軍勢の体を成してない。やはり魔王『イブリス』に大した知性はない。

(だとしたら、なぜだ？)

ほかに、この要塞を攻撃するように仕向けた指揮官がいるとしか思えない。ただ、いまはそのことを考えている場合ではなかった。

剣に串刺しにされる異形《フェアリー》たちを突破するのは、もう難しいことではない。

飛びついてきたフーアの一匹を踏みつけ、地面にめり込ませて跳ぶ。あと一歩。魔王『イブリス』に接近する――直線距離。邪魔をした大型のバーグェストに、ナイフを打ち込んで吹き飛ばす。

跳躍する。

すでに魔王は目の前だ。

(いや、でかいな)

象程度の大きさだと思ったのが間違いだった。

近づいてみれば、こいつはでかい。まるで動く砦だ。ミューリッド要塞の正門を通るのも苦労しそうに見える。しかし、対処の手はある。この距離ならザッテ・フィンデの投擲も届く。

ただしそれは、『イブリス』からの反撃も可能な距離だった。このナメクジのような魔王が持つ攻撃手段は、単純なものでしかない。自重による押し潰し。柔軟な体を伸ばし、俺を叩き落とそうとしてくる。単なる突進。体当たりでしかないが、有効だ。

「テオリッタ!」

俺は空中で体を捻る。

「やれるよな?」

「当然です」

うなずく。やるべきことは伝わっている。しがみついてくる力を感じる。火花が散る。空中に長大な剣が生まれた――まるで塔のような剣。

それは落下し、『イブリス』の体を貫き、引き裂く。どぢゅっ、という気色の悪い音。奇怪な鳴き声。突進の動きが鈍る。暴れると余計に刃が肉を抉る。

俺はその剣の柄を足場にした。蹴って、再跳躍する。

すぐに剣は錆びた砂となって崩れ去る。このように、《女神》の召喚物は個体差によるが、永遠に存在できるわけではない。いまのは規模と強度だけを重視した、持続性度外視の召喚だった。

俺が使う場合、それでよかった。テオリッタは急激に戦い方を学びつつある。俺とともに戦う方法をだ。これもまた、聖騎士と《女神》が強力である理由の一つだ。

「いかがですか、我が騎士」

テオリッタは何かに挑むように俺を見た。目が燃えている。

「私の祝福も、なかなかのものでしょう」

いまの剣の召喚をテオリッタに願った時点で、俺は思い出していた。

セネルヴァのことだ。城砦の《女神》。異界の構造体を召喚できる祝福の使い手だった。いくつもの戦場を飛び回った――文字通りに。こんな風に、巨大な塔の群れを呼び出し、俺はそれを跳び渡り、魔王現象と空中戦を演じたこともあった。

それを思い出しても、もう辛《つら》くはない。だから俺は一言だけ答えた。

「上等だ。勝ちに行くぞ」

「そうでしょうとも。私が祝福するのです、絶対に勝ちなさい」

背後を一瞥《いちべつ》する。

迫る『イブリス』が、得体のしれない体液をまき散らしながら吠えていた。たったいま巨大な剣で切り裂かれたというのに、止まっていない。傷が塞がっていく。

愚直に俺を追ってくる。魔王現象の群れを置き去りに、巨大な体軀《たいく》で、地面をのたうつようにして迫る。間近で見ると山が押し寄せてくるような威圧感がある。緩慢な動きに見えたが、図体がデカい分だけ一歩の動きもデカい。

ということは、もう目的は達成したということだ。

俺は地面に降り立ち、『イブリス』を見上げる。無数の濁ったような目が俺を見ている。怒っているのかもしれない。

「そうだな」

俺は地面にナイフを突き刺し、うなずいた。それからまた跳ねる。最低限『イブリス』が追えるような速度で。

「お前の気持ちもわかる。こんな戦場、最悪だろ？」

何一つ明快でなく、混沌《こんとん》としていて、理屈の通らないことばかり。俺たち懲罰勇者の戦いというのは必ずそうなる。主にぜんぶあいつら——あのアホどもが悪い。

『イブリス』はその巨体で俺を踏み潰そうとした。

よって、罠にかかった。

俺が地面に突き立てたナイフは爆発し、光と轟音を響かせ、ついでに大地の様相を一変させた。

これは偵察の際に仕掛けていたものだ。キヴィアの協力を得て、ノルガユ陛下が調律した聖印を、この土地一帯に埋設しておいた。

砕屑印《さいせついいん》、という。

乾いた土を泥のようにしてしまう聖印だ。いわばおおげさな落とし穴のようなもので、戦場ではあまり使われない。使用した付近が土地として使用不能になり、復旧に時間がかかるからだ。この世の道理というやつで、壊すのは簡単だが、戻すのは難しい。

とはいえ気にしていられるものか。

キヴィアがこの聖印を封じた箱の中身を知っていたら反対したかもしれない、とは少し思う。広範囲にわたる大規模な泥濘化《でいねいか》。『イブリス』はそれに巻き込まれた。

「テオリッタ」

「ええ」

その金髪が、強く火花を散らした。

空中に剣が三本。これもまた巨大な、銛《もり》のような切っ先を持った剣だ。

それを視認して、魔王『イブリス』は咆哮をあげた。苦し紛れに体をもがかせても、もう遅い。泥濘化した地面ではまともな動きはできない。

「これで」

テオリッタが指差すと、剣は『イブリス』に降り注いだ。

「終わらせます」

その巨体を突き刺し、泥と化した大地深くへ縫い留める。今度の剣は持続力に十分な力を回している。その大きさにも、強度にもだ。

やつがどう暴れても逃れられない。剣による傷口が、やつの体を引き裂いて、片っ端から治癒されていく。が、それでも泥の沼と、自らの体を深々と地面に突き刺している剣の重量は跳ねのけられない。前進するための足場もない。

結局のところ、不死身だけが問題となる魔王の相手をするには、これで十分だった。動きを止めるということ。巨大な落とし穴と、脱出不可能な仕掛けがあればいい。呆れるほど原始的だが、必要なものはこれだけだったのだ。

あとはそれを実行する方法。

異形《フェアリー》の群れへの対処と、これだけ広範囲の大地を泥の沼地にするような聖印技術、罠への誘導。注意の分散と、虚空から生み出す大質量。それから――まあ、いろいろ。

こうしてしまえば、動きを止めている間に、毒でもなんでもぶちまければいい。要塞を犠牲にする必要はどこにもない。

「やりました」

テオリッタは呼吸を荒らげ、額に汗を滲ませて俺を見上げた。

「よね？」

撫でろ、と言わんばかりに頭を突き出してくる。もしかすると、それが良くなかったのかもしれない。勝ちを認めるには早すぎた。

ぶつん、と、異様な音が地面の下で鳴り響いた。

『イブリス』の巨体が、泥の中で暴れている。その背中が裂けていた。ぶちぶちと柔らかい肉が裂け、翼が生える――いや、違う。

分離している。

『イブリス』の肉の中から、何かが飛び立つ。蝙蝠《こうもり》に似ていた。小柄な生き物だ。

俺はそのとき、この魔王の本当の姿を知った。

変化している。こいつの特性はただの不死身ではない。変化適応。ゆえに不死身か。こんなもの、本当に毒で仕留められるのかよ。第三の《女神》の予知はついに外れていたのではないか。

(飛びやがった、この野郎)

いまや魔王現象『イブリス』は、自らの巨体を脱ぎ捨て、蝙蝠になって飛翔していた。

それだけではない。見ているうちに、空中で体を肥大化させていく。全身の表面に目玉が浮き上がる。こちらを睨みつける。

——飛来してくる。

「ちくしょう」

考える前に、俺はテオリッタを庇った。

『イブリス』に鉤爪《かぎづめ》が生えるのがわかった。鋭利な刃。かろうじて回避は間に合っただろうか。肩から背中へ抜ける鋭い痛み。意識が高揚しているからか、それほど気にならない。

ただ問題は、

『……兄貴、そっちの方、まだっスか？』

ずいぶんとかすれた、途切れがちなツァーヴの声。

『そろそろこっちヤバいっスよ。オレはめちゃくちゃ頑張ってますけど——』

その言葉の途中で、ばきばきと凄まじい異音が響いてくる。破壊音。ノルガユとベネティムの声がそれに混じる。

『者ども、退け！　天守へ駆けろ、正門がもたん！』

『ええっ？　ちょっと陛下、こっち来ないでくださいよ！　そ、そっちで粘ってください！』

『あ、そろそろそんな感じっスか？　あの、じゃあオレも一足先に逃げていいっスか？』

『待って、……誰か……ぼくを助けて……！　傭兵団に追いつかれたら殺されるよ！』

まったくひどい連中だ。こっちが笑えてくる。どうしようもない局面になってきた。

こうなったら、こんな戦場を作った責任は俺も取らなきゃならないだろう。空中で『イブリス』が旋回している。こちらの戦力を見定めているのか。

「仕方ねえな」

俺はため息をつく。

「テオリッタ、逃げろ。時間稼いでみる。俺は勇者で死んでもいいが、お前は違う」

「いいえ、我が騎士」

テオリッタは首を振った。

「私がいる限り、あなたに敗北はあり得ません。私は《女神》ですよ、ザイロ」

彼女は燃える目で、まだ敵を見ていた。『イブリス』が空中で身を翻し、また体を肥大化させる。

その背後から異形《フェアリー》どもが押し寄せつつあったが、彼女はまるで絶望していない。

（すげえな）

と、俺は単純すぎる感想を抱いた。

テオリッタは、まだ戦意を失っていない。

たいした《女神》だ。まるで本当に、人間を導くために降臨した存在であるかのように、テオリッタは敵を指差す。

「戦って、勝ちましょう」

「偉大な《女神》だな、お前は」

「あなたもですよ。我が騎士。……まさか、私との契約で誓った言葉、忘れていませんよね？」

少し不安そうな問いかけ。俺は苦笑した。

「まあ、一応な」

残念ながら覚えている。たしかに誓った——『己が偉大なる存在であることを証明すること』。

「私が偉大な《女神》であるように、あなたも偉大な騎士なのです。そう信じなさい。私たちは折れず、負けず、屈しません。必ず勝利します。そうでしょう？」

「わかった」

そうして俺は、テオリッタに導かれてやろうと思った。

誓ったのだから仕方がない。俺はもう一度、かつてのように、自分を偉大な騎士だと思うことにした。少なくとも、『イブリス』の野郎にやられっぱなしで舐められたままじゃ終われない。

俺というやつはいつもそうで、これはたぶん死んでも直らないだろう。

刑罰：ミューリッド要塞防衛汚染　顛末

空中で、魔王『イブリス』が身を翻した。

音もなく翼を羽ばたかせる。

さらに体が膨張していた――いまでは巨大な翼を持った、牛とオオカミの中間のような怪物だ。

「攻撃の機会があるとしたら、あと一回」

俺はテオリッタにささやいた。

軍事的な判断のことなら、聖騎士が負うべき役目だ。《女神》が諦めていないというのなら、俺もまたその仕事を果たさなければならない。

ここで諦めて寝転がっていても殺されるだけだし、それはとんでもない無能みたいだし、後で馬鹿にされたくないからだ。格好つけて要塞から出撃し、敵の親玉へ向かって突っ込んでいって、結局ダメでしたとは言いたくない。絶対に我慢できない。

「あっちも警戒してる」

俺たちの頭上を滑空し、無数の目玉で注視しているとはそういうことだ。

「ただ、結局は攻撃してくるしかない。異形《フェアリー》たちの軍勢を待つことはできない」

先ほどの仕掛けで、大地が泥濘化している。こっちに押し寄せれば大損害が起きるだろう。

「そうなる前に、仕掛けてくる」

あの魔王現象『イブリス』にたいした知性はなくても、そのくらいの判断はできる。たいていの獣よりは賢い。

「空中からの急降下だろうな。交戦時間は一瞬。しくじったら、そのときは、あいつがもっと有効な武器を生み出すかもしれない」

魔王『イブリス』の鉤爪——さっき俺を切り裂いたそれは、いっそう大きくなっている。

あの魔王の本質が、俺の睨んだ通り適応変化にあるとすれば、あれが俺に対して有効な武器だと感じたのだろう。いまは剣のように長く、鋭利だ。

「以上だ。いまのところで、何か希望が持てる要素はあるか？」

「それならば」

テオリッタは顔を上げた。

唇が少し震えている。恐怖を抑えきれていないのがわかる。それでも笑顔なのは、俺に対して意志の強さを見せてやろうと思っているからだ。生意気にも、俺を『勇気づけようとしている』。

「楽勝ですよね。私を誰だと思っているのですか？」

期待されている。仕方がない。俺は苦笑いをするしかなかった。

「剣の《女神》、テオリッタ」

「そうです。偉大な剣の《女神》です。そしてあなたは、偉大な私の騎士です」

言い切って、彼女は白い外套を脱ぎ捨てた。全身が上気し、熱を持っているのがわかる。金髪はいままでにないほど強い火花を発している。

「特別な剣を用意します。……今度は、本当に特別な剣を」

「不死身の相手を殺せるのか？　どうやって？」

「……どうやって、というのはありません。これは『聖剣』と呼ばれる剣です。この剣が滅ぼせない相手は存在しません」

「あいつを殺す方法は、毒以外にないって予言した《女神》もいるぜ」

「正確には、方法がこの世にないというだけでしょう」

その通りだ。テオリッタは強張《こわば》った笑みを浮かべた。

「よって、この世の外から呼びます。相手が一騎であれば、恐れることは何もありません」

恐れることはない、と言った彼女が最も怖がっているだろう。

「一呼吸の間、機会を与えます。私が必ずもたせます」

つまり、一撃で絶対に命中させろということだ。

であれば、単純に技術的な問題だ。俺が解決すべきことだった。

「ほかに必要なものはありますか？」

「ない」

あとは恐怖を克服する勇気さえあればいい。そういう話だ。

ただし、たぶん俺に勇気などはない。あるのは耐えがたい怒りだけだ。呆れるほどの忍耐力のなさに振り回されて生きている。

だから、

「任せろ」

とだけ言うことにした。本当のことを言うのは恥ずかしいからだ。

正直なことを言えば、自信があるわけではなかった。俺は兵士であって剣士ではない。聖騎士の伝統として剣術は習ったが、せいぜい人並みという程度だ。それで当てられるか。

もう少し集中したかった。呼吸を落ち着けて、その一撃に備えたかった。が、相手がそれを待つはずもない。

魔王現象『イブリス』が、大きく翼を動かした。

敵影がほとんど俺たちの真上に差し掛かる。その、緑色の月を背にした一瞬で、翼を畳んだ。急降下――巨大な爪が、やけに輝いて見える。素早いが、しかし単純な攻撃動作だ。

（いまだな）

この瞬間。ここだけが勝機だ。

「我が騎士」

と、テオリッタは言った。

その両手が、虚空で見えない鞘《さや》を払うような仕草をした。まばゆい火花の輝き。手の中で稲妻が走ったようだった。

剣がテオリッタの手中に現れる。

自ら輝くような、曇りのない銀の両刃だった。まるで装飾のない、最前線の兵士が扱うような片手剣——これは助かる。まだ少しは訓練した覚えがある。

テオリッタは、それを俺に放った。

俺は降下してくる『イブリス』を睨む。

テオリッタの呼び出した、得体の知れない剣を掴む——相手の動き、それ自体は単純だった。正直ともいえた。

まっすぐだ。

(迎え撃つ。やれるさ、余裕だ)

自分にそう言い聞かせる。果たして予想通りに『イブリス』は頭上、真正面から突っ込んできて、そして、俺は愕然とした。

(本気かよ)

花が開くのを見るようだった。『イブリス』の体が変化していた。

(インチキしやがって)

ぶつん、と『イブリス』の体が自ら引き裂かれ、その胸部の肉が開き——瞬時に、鉤爪の生えた腕が増えた。

二本だった腕が合わせて六本。俺は左手に握ったナイフで、そのうち一本の攻撃を防いだ。二本目は身をよじり、肩で受け、三本目が腹に食い込む。痛みなんて気にしている場合ではないが、残りあと三本——くそ。

四本目と五本目が俺の首を、六本目の腕が長く伸び、テオリッタを狙っている。

テオリッタを防御しなくては——攻撃を捨てても。俺には、それが重要なことに思えた。どう考えても、戦術的には大きな間違いだ。結局は俺が倒れれば二人ともやられることになる。

あらゆる面から擁護できない失敗だ。

そういう間違いを犯さずに済んだのは、つまり、俺はわかっていなかったということだ。俺はもうまともな聖騎士ではない。テオリッタと二人だけで戦っているわけではなかった。

「ザイロ！」

まず聞こえたのはドッタの声だ。聖印越しではない、鼓膜を震わせる必死の声。馬に乗り、必死の形相で駆けてくる男が見えた。

やつはすでに雷杖を構え、それを撃っていた。連発式の雷杖で、立て続けに四度。

「なにやってんの！　バカじゃないか、さっさと逃げよう！」

ドッタには魔王現象『イブリス』と、異形《フェアリー》の区別などつかない。

恐るべき無知ゆえに、そんなことができた。俺が魔王本体と一騎打ちしているなど、やつの常識ではあまりに愚かな行為であり、考えられなかったに違いない。俺もちょっとそう思う。

ともあれドッタの下手な射撃は、『イブリス』の大きく広がった翼を貫いた。

こいつの腕では、ほかの部位に当てることができなかったともいえる。それに四発撃っておいて二発は外れた。

が、やつの射撃はたしかに『イブリス』の体勢を大きく崩していた。傷がすぐに癒えるといっても、翼に穴を開けられては、瞬間的な攻防ではどうしようもない。テオリッタを狙った腕がブレて、攻撃が外れる。

そしてドッタの放った閃光は、ミューリッド要塞の天守からもはっきりと観測できたらしい。

『あー、見えました。これ、最後の一発っスからね』

それはツァーヴの気の抜けた声だった。

かっ、と、乾いた何かが弾けるような音。

稲妻が走る。ドッタのものよりも強烈で、鋭く、正確無比な。それは『イブリス』の翼に大穴を開けていた。決定的に体が傾く。

『当たりました？　さすが陛下の狙撃杖……』

ミューリッド要塞、天守からの狙撃だった。

この距離で、月明かりだけの真夜中に、ドッタの放った雷杖の光を頼りにして、『イブリス』の翼を正確に撃ち抜く。それはもはや超常現象としか思えない。後に聞いた話によると、このとき使ったのはノルガユ陛下の調律した狙撃杖に、レンズを取り付けた代物だったらしい。

ともあれ、これで『イブリス』の攻撃は失敗した。増やした腕は無意味になった。

落下しながら俺に突っ込んでくる。その頭部らしき場所が、また変形する。ぶつんと開く。牙の生えそろった顎が生じるが、そんなものは苦し紛れにすぎない。

この距離だと避けきれないが、構わない。俺は左腕を差し出しながら剣を振り上げた。『イブリス』が俺の左腕に食いつく。牙の激痛——それに対して怒りを覚える。ふざけやがって。それが俺の原動力だ。怒りを燃やす。

この状況なら、いくらなんでも外さない。

俺は『聖剣』を突き出した。銀色に輝く剣が『イブリス』の体を貫き通す。真昼のように鮮やかな火花が散った。

何が起きるかは、このときにはもう俺にもわかっていた。

そしてテオリッタは、「この剣に滅ぼせないものはない」と言っていた。

そして『イブリス』は、あらゆる攻撃に変化適応し、どんな致命傷からでも蘇生するような魔王現象だ。その二つがぶつかった場合、どうなるかというと――簡単なことだ。

「聖剣に滅ぼせないものは、存在しません」

テオリッタの、疲弊しきった呟きが聞こえた。

「……存在しません」

「そうだな」

俺は剣を深く突き込む。

ぎっ、と、剣の切っ先が何かを壊した。そういう手ごたえがあった。

鋭い閃光が迸り、風が渦を巻く。火花。目の奥が焼けそうで、頭痛を感じた――次の瞬間、魔王現象の主『イブリス』は、跡形もなく消え去っていた。

文字通り、どこにもいない。

ただ風が渦を巻いただけだ。テオリッタの剣で刺し貫いたと同時、魔王『イブリス』の、その存

在自体が消滅していた。

（とんでもないな）

俺は手の中の剣を見た。

剣はあっというまに錆び、砂のように崩れていく。

滅ぼせないものは存在しない――という剣の意味するところは、つまり、滅ぼせない相手の存在を禁じるということらしかった。

こういう剣を、テオリッタは呼び出せる。はっきり言ってめちゃくちゃだ。

（『聖剣』って言ったよな）

現存する《女神》で、こういうことができる者は俺も知らない。兵器を呼び出せる《女神》もいるが、それはあくまでも物理的な現象の範疇だったはずだ。

テオリッタにはできる。それは、ひどく危険なことのような気がした。

「我が騎士」

テオリッタは、もはや立っていられなかった。

その場に倒れ込むのを、かろうじて支える。

「私はとても偉大でしょう？」

「そうだな」

はっきり言って俺も限界だった。肩と背中、脇腹、左腕。負傷し、血を流しすぎた。意識がもたない。馬で近づいてくるドッタのアホ面も霞《かす》んで見える。

「偉いよ、お前は」

俺はテオリッタの金髪を撫でた。

「でしょう。だからあなたも偉大なのですよ、我が騎士」

と、テオリッタは満面の笑みを浮かべた。自分の行為がすべて報われたとでもいうように。

（もしかすると——）

と、俺は思う。

もしかすると本当に、テオリッタがいれば、魔王現象をこの世から滅ぼしてしまえるかもしれない。軍や王城にはびこるくだらない陰謀家どもの思惑を蹴り飛ばして、魔王現象を叩き潰して——

それはきっとさぞかし愉快だろう。

（笑えるな。ひどい妄想だ）

自嘲する。だが、こんな夢物語を思い描くことすら、いままではあり得なかった。

（それも仕方ない。俺は勝った。魔王『イブリス』を殺した、無敵の《女神》と騎士だ）

だからいつまでも疲れ果てたように、弱いところは見せていられない。俺は残った気力と体力をかき集めて、顔を上げ、ドッタに対して吐き捨てた。

「遅えよ、アホ」

その強がりが限界で、俺はそのまま気絶した。

待機指令：港湾都市　ヨーフ

目覚めると、知らない男がいた。

どこまでも胡散臭《うさんくさ》い笑みを浮かべた男。

しかも俺を見下ろしている。

(なんだよ)

俺は痺れたように感じる頭で、どうにか思考をまとめていく。

知らない男、知らない場所。白い天井、シーツ、毛布。どうやら俺は横たえられているらしいが、
病院か？　たぶんそうだろう。

(間違いないな)

俺は大きく負傷した。左腕が千切れるほど痛んだのを覚えている。あれは戦場だ。戦場――そう。

魔王現象と戦った。それで、俺は修理されたのだろうか。

「気分はどうだろう、ザイロくん」

知らない男が、俺に尋ねてくる。

笑顔を浮かべてはいるが、軽薄で、それにわざとらしい。自分でもそれを自覚しているように、

どこか皮肉っぽい陰がある。総合すると、記憶のどこを探っても出てこない。

「誰だ、お前」

俺はその男に尋ねた。

「うん。よし。まずは良好」

そいつは軽くうなずいて、背後を振り返った。そちらに、やはり見知らぬ女がいる。

その女は——なんだろう。どことなく眠そうな顔の女だ。長身で、白い貫頭衣を身にまとっている。だとしたら神殿の人間か。

「会話はできる。言語に問題はないみたいだ、きみの言う通り」

声をかけられても、白い貫頭衣の女は何も答えない。ただ小さくうなずいただけで、興味がなさそうに視線を空中に据えている。

（なんだ、こいつら）

俺は自分が置かれた状況について考える。

俺はひどい負傷をして、戦場から修理場に送られたのだろう。あれだけの傷を負っていれば、当然そうなったはずだ。だとすればここは、そこからさらに移送された病院だろうか？　修理場はもっと陰鬱な場所だ。

しかもこの部屋は個室らしい。なかなかの大物待遇といえるのではないか。

「安心してくれ」

と、まったく安心できないような軽薄な調子で、男の方が言った。

「幸いにも、きみは死んでいない。その一歩手前ってところだったな。もちろん――なんの後遺症もないというわけじゃないと思う」

「かもな」

俺はおざなりに答えた。疲労を感じていた。体のあちこちが痺れているような気がする。

「医者の言葉によると、どうやら痛みを感じる能力が鈍化しているらしいね。施術中の反応からの推測だけど。注意した方がいい」

そういうこともあるだろう、と俺は思った。タツヤなんかがいい例だ。

「そういう兵隊は死にやすくなる。ぼくらはきみに可能な限り死んでほしくない」

ぼくら、と言った。

そこのところが引っかかる。結局のところ、こいつは誰だ？　勇者ではない。それはたぶん、確実だ。俺はうちの部隊のやつらを、頭の中で思い浮かべる。ベネティム、ドッタ、ノルガユ、タツヤ、ツァーヴ、ジェイス、ライノー……ぜんぶ覚えている。記憶にはたぶん問題ない。

「知らないやつにそう言われても、嬉しくねえよ」

俺はその男を睨みつけた。

「さっきも聞いたよな。誰だよ、お前」

「きみらの味方だと思ってくれて構わない」

そう言ってから、やつは喉の奥を鳴らして笑った。

「……いや、別に思わなくても構わないな。とにかく、気をつけて。きみが無事みたいで安心したよ。勇者部隊は、我々にとっての切り札だ」

つまらないことを言っている。俺はこういうやつを一切信用できない。自分の身分を明かさないのも不愉快だし、そうすることで謎めいた演出をしてくるやつも大嫌いだ。

よって、俺からかける言葉は一つだ。

「失《う》せろ」

俺は片手を振った。

「てめーの胡散臭い顔を見てると不愉快だから、視界に入るな」

「ひどいな。こうやって密かに訪問するのも、かなり大変な手間をかけたんだよ。それに、きみへの贈り物を届けるのは一苦労だった」

贈り物、と言いながら、得体の知れない男は傍らのテーブルを示した。いままで意識に入れていなかったが、いくつかの小包や、花やら、でかいパンの塊やらが載っかっている。

なんだこれ。

という俺の感想は、顔に出ていたのかもしれない。

「きみたち懲罰勇者部隊への、感謝の気持ちらしいよ」

「誰かから感謝される覚えなんてねえよ」

「いいや。近隣の開拓村――私が把握する限りではヴァイガーラ、タフカ・ドゥハ、カオサント。クヴンジ森林とゼワン=ガン労働者連合、西方リィソ行商組合。もちろんこれらの誰一人として、きみは顔も名前も知らないだろうけどね。ミューリッド要塞を防衛したことで、彼らの暮らしは守られたというわけだ。軍も処分に困ってね——あ、そうそう」

男はそこで耐えきれなかったように噴き出した。

「つい昨日なんて、小さい女の子たちが花を持ってきたらしいよ」

「知らねえよ、そんなの」

嘘だ。俺のやったことに意味はあった。

魔王現象どもの前では、吹けば飛ぶような善意の返礼。だからこそ価値がある。嬉しくないわけじゃない。ただ、それをこの男にからかわれるのは、どうしようもなく不愉快だ。

「きみは『空飛ぶ稲妻』と呼ばれて噂になっている。正規の軍隊に所属していないせいかもしれない。すっかり謎の戦士扱いだ。こういうのは人気が出るんだよ」

「喋りたいことはそれだけか？　さっさと出ていけ」

「わかった。悪かった、きみの主張を受け入れよう」

笑う男は、こちらを宥めようとでもするかのように両手をあげた。あるいは降参の合図か。

「でも、知っていてほしい。名も知れぬ民間人だけじゃないよ。きみたち勇者の活躍に注目している者が、神殿にも軍部にも——」

「失せろ」

たぶん手近に何かがあったら投げつけていただろう。下手をすればナイフだ。そこで笑う男も諦めた。わざとらしく首を振りながら、神官らしき女とともに部屋を出ていく。

「ただ、最後に一つ。過度な命令違反には気をつけて。きみたちを目障りに考えている勢力はたしかに存在する。特にきみは注目されているよ」

「くだらねえ」

言われるまでもなかったからだ。

クヴンジ森林、ゼワン＝ガン坑道、ミューリッド要塞——いや。もっと以前に、俺が《女神殺し》をさせられたときから。軍の上層部や、行政室にもいると思われるクソ野郎ども。

「こっちはとっくに知ってるよ。どんなやつらだ？」

「共生派」

笑う男は、短く簡潔に答えた。

「彼らはそう呼ばれている」

その一派のことは知っている。魔王現象との融和を掲げるやつらのことだ。魔王が出没しはじめた最初期に存在し、そのまま戦争の激化に従って自然消滅したとされていた。

この連中の主張は、こうだ。

『魔王現象と会話ができるなら、和平交渉が成立するだろう。その場合には全人類の奴隷化と引き換えにしてでも、最低限の生存圏は確保するべきだ。その奴隷たちの管理者として、また魔王現象との折衝役として、自分たち共生派が君臨する』。控えめに言っても最悪のクソ野郎どもだ。

まさか、そんな連中が、本気で俺を嵌めるくらいの勢力に拡大していたのか？

「では、失礼」

俺が考え込んでいる間にも笑う男はドアを開け、部屋の外にいる誰かに声をかけた。

「終わりましたよ。もう結構です、《女神》様」

「――ザイロ！」

小柄な影が飛び込んでくる。セネルヴァだ。

金色の髪と、炎のような目の少女――少女？　違う。セネルヴァはこんなに小さくない。だとすると、これは、

「我が騎士。なんですか、その顔は」

咎めるように、あるいは何かを懇願するように、少女は俺を見ていた。

「もっと喜びなさい。この私が直々に見舞いに来たのですから」

頭痛がする。

知っているはずだ。俺は記憶を辿る。たしかに見覚えがある。

「怒りますよ、ザイロ」

彼女は泣きそうな顔をした。

「私を忘れていたら、許しません。この偉大で、寛容で、慈悲に溢れた私を……」

少し泣いているのがわかった。俺が悪者みたいに思える。くそ。

「ザイロ。《女神》であるこの私を、……忘れていたら、許しませんからね」

「忘れてない」

そう言うしかなかった。しかも、少し慌てて。

「テオリッタ」

俺は彼女の名前を呼んだ。

「忘れてねえよ」

「ええ」

「だから、泣くな」

「泣いていません」

「そうか？」

「そうです。私は偉大ですから、泣きません」

テオリッタの髪の毛が火花を散らし、俺は笑った。

「ですが、上出来です、ザイロ。あなたのことも褒めてあげましょう」

テオリッタは手を伸ばし、俺の頭をぎこちなく撫でた。火花がかすかに散る。

(仕方ない)

と、思うことにする。体がだるすぎて、払いのける気力もない。

テオリッタの背後から、鋭い目つきの女がこちらを睨むように見ていたが、どういう反応もしてやれない。

「……ザイロ・フォルバーツ」

その女、キヴィアは厳めしい顔を作って言った。

「貴様らが魔王『イブリス』を討伐した、あの後の話をしよう」

「いま、面倒な話を聞く気分じゃないんだけどな」

「いや。聞いてもらう。その必要がある」

俺は顔をしかめて拒否したが、キヴィアはそれを許さなかった。冗談の通じないやつだ。

「まず、貴様とテオリッタ様は、暫定的に我が第十三聖騎士団に配備されることになった」

配備ということは、まさに備品扱いにほかならない。

結局、俺たちの立場は変わらないわけだ。そのことを皮肉ってやりたいと思ったが、その気力すら湧いてこなかった。

「《女神》テオリッタは、憂慮すべき立場にあらせられる。軍部と神殿がその御身の尊さについて議論している最中だ。要塞での一件で、予想をはるかに上回る戦果をあげたことで、大勢が変わりつつある」

この期に及んでもかしこまった言葉遣いが、この女の性格を表している気がする。しかも「御身の尊さ」についての議論ときた。要するにこの先、テオリッタをどう扱っていくべきかを考えているに違いない。

軍部、ガルトゥイルはテオリッタの「解析」派と、このまま軍事利用を続ける「活用」派で割れているはずだ。軍事的な観点から見れば、俺たちはそれだけの有用性を示した――と思う。

一方で神殿はどうだ？

俺にはよくわからない世界だから、推測するしかない。政治的な力関係を考慮して、ここは軍部に判断を譲って別の法案を通すとか、あるいは神殿で身柄を確保する動きをするとか。

いずれにせよ、どの組織も一枚岩ではない。それは議論も長引くだろう。

「引き続き、ザイロ、貴様が《女神》をお守りする必要がある」

「守るっていうことなら」

俺はようやく頭を撫でることをやめたテオリッタを見る。

「俺たちを前線からしばらく離してくれよ。勇者になってから、休暇なんて一日もないんだぜ」

「そうだ。しばらく前線から離れてもらう」

「なんだと？」

正直、驚いた。あるいは冗談かとも思った――が、キヴィアにそんな気の利いた冗談が言えるはずもなかった。

「貴様らの仕事は、この港湾都市ヨーフにおいて、テオリッタ様の御身をお守りすることにある」

「なんだそりゃ。戦場より街中の方が危ないみたいじゃないか」

「その認識は正しい」

キヴィアはうんざりするほど厳粛な顔でうなずいた。

「神殿に所属する勢力の一派が、テオリッタ様の御身を狙っている」

信じられないようなことを聞いた。神殿とは、《女神》を大げさに崇めるインテリぶった連中ではなかったのか。

「神殿にも、様々な派閥がある」

キヴィアは俺の訝しげな顔に気づき、少し付け足す気になったようだ。

「特に危険な派閥が、《女神》の純粋性を第一に掲げる連中だ。『正統派』と名乗っている。やつらは新たな《女神》テオリッタ様をそもそも認めない立場をとっている」

「なんだそりゃ。意味がわからん」

「絶対者である《女神》に増えたり減ったりされては困る、という純粋主義的な連中だ。その数は決して多くないはずだったが、思ったより勢力を広げていることがわかった」

何を言っていやがる、と俺は思った。

ふざけた連中だ。《女神》にも死はある。俺がよく知っている。かつての第三次魔王討伐でも、何人かの《女神》が死んだとの記録もある。それを認めていないのか。

「連中の過激派が、テオリッタ様に直接危害を加えようとしている。暗殺教団とも関係していることがわかった」

「……まあ、いいや。頭が痛くなってきた。その辺の事情はあとで聞くが――」

俺はテオリッタを振り返る。そもそもこいつに聞かせていい話なのか。そう危惧したのは、まったくの誤りだった。

「ええ。ザイロ、ですからあなたが私を守るのです。あなたと、勇者たちで」

テオリッタは満面の笑みを浮かべた。まるで嬉しくてたまらないといった様子で。何がそんなに嬉しいのか。その疑問の答えもすぐに得られた。

「休暇ですよ、ザイロ。その体が治り次第、直ちに私を街に連れていきなさい」

「仕方ねえな」

俺は窓の外を見た。冬の気配が強い。鉛色の雲に覆われた空は、大荒れの予感を含んでいる。もしかすると、今夜あたりは雪かもしれない。

(《女神》を守ることが仕事か)

ベネティムは適当なことを並べ立てて、楽な立ち位置を確保しようとするだろう。

ドッタを街に出すときには、両手を縛りあげておく必要がある。

ノルガユは王であるかのように市場を闊歩《かっぽ》し、金も払わず飲食するだろう。

ツァーヴには賭場や繁華街への出入りを禁止しなければ——それから——

(何をやってるんだ、俺は)

笑うしかない。以前より、聖騎士であった頃よりも、テオリッタに会う前よりもずっと、この状況を愉快に感じている自分がいる。楽しんでいる。

その事実にぞっとする。悪くはない。アホみたいな連中が仲間だが、腹は立たない。

「ザイロ」

と、テオリッタは俺の袖を引いた。

「あなたは我が騎士なのですから、街中では迷わないように手を繋ぐことを命じます」

「ああ」

こういうことが、以前にもあった。

たしかにそうだ。俺はあのときのセネルヴァの表情を、その会話を改めて思い出そうとした——

そして失敗した。

「そいつは、光栄だ」

俺は無理をして笑った。

あとがき

お世話になっております。ロケット商会《しょうかい》です。

私はケヒャリストが好きです。ケヒャリストとは便宜的な造語ですが、「ケヒャーッ」と叫びつつ天井裏から毒ナイフで襲い掛かってくるような、すぐ負けそうな悪役を意味するものです。

私はこの手の造形の悪役が好きなので、四六時中様々なタイプのケヒャリストを考えています。

もし皆様が何かの間違いでケヒャリストとして行動する必用が発生した時に困らないように、ここではそのロールモデルを代表的なタイプ別にご紹介いたします。


【タイプA：カマドウマ】

この種類のケヒャリストは狡猾で素早く、隙あらば「お命いただきぃーッ」などの鳴き声とともに相手を奇襲し、毒爪や毒ナイフで攻撃します。しかし、決して致死性の毒は使わず、麻痺毒の類を用います。なぜなら彼らは弱者を攻撃することが三度の飯より好きだからです。

そのため、弱らせた相手から反撃を受け、簡単に逆転されて負けます。カマドウマを演じる際のキーワードは『油断』です。蛇のように不気味で無駄な動きを心がけるのも良いとされています。

【タイプB：ドクター】
この種類のケヒャリストは優れた頭脳を持ち、データの収集や分析が得意です。

しかし、それらは客観性に欠けたお粗末なものです。彼らはしばしば自分の勝率を計算しますが、その結果はほぼ必ず「一〇〇％」あるいは「９９．９９９％」といった理不尽に高い値を取ります。いざとなったら自分の肉体に謎のドーピング薬を注入し、「自称・究極のモンスター」となって相手を攻撃すべきです。

当然、そのような手段で戦闘を行い、勝利できる例は極めて稀です。


【タイプＣ：リッチマン】

この種類のケヒャリストは非常識的なレベルのお金持ちです。

金だけは大量に所有しているため、様々な用心棒や殺し屋、残虐なペットの力を借りることができます。しかし残念ながら、そうして雇った存在がまともな実力者であるほど、リッチマンを裏切った方がはるかに得だと気づいてしまいます。ペットならば餌と見なして牙を剥いてきます。

命乞いの台詞として「金ならいくらでもある」と叫ぶ瞬間こそが最大の見せ場です。


以上、代表的な三種類のケヒャリストについてご紹介しました。皆様の快適なヴィラン生活の参考にお役立ていただければ幸いです。

なお、本編の「勇者刑に処す」ではこの手の雑魚は出現しません。時折ケヒャリスト衝動に襲われましたが、皆様からいただいたご声援によって踏みとどまり、無事に書籍化に至ることができました。ここまで読んでいただいたことに感謝し、あとがきの結びとさせていただきます。

電撃の新文芸

勇《ゆう》者《しゃ》刑《けい》に処《しょ》す
懲罰《ちょうばつ》勇《ゆう》者《しゃ》9004隊《たい》刑《けい》務《む》記《き》録《ろく》

著者／ロケット商会《しょうかい》

イラスト／めふぃすと

2021年9月17日　初版発行

発行者／青柳昌行
発行／株式会社ＫＡＤＯＫＡＷＡ
〒102-8177　東京都千代田区富士見2-13-3
0570-002-301（ナビダイヤル）
印刷／図書印刷株式会社
製本／図書印刷株式会社

【初出】……………………………………………………………………………………………
本書は、カクヨム(https://kakuyomu.jp/)に掲載された『勇者刑に処す　懲罰勇者9004隊刑務記録』を加筆、修正したものです。

ISBN978-4-04-913903-7　C0093　Printed in Japan

ファンレターあて先
〒102-8177
東京都千代田区富士見2-13-3
電撃の新文芸編集部

「ロケット商会先生」係
「めふぃすと先生」係

この物語はフィクションです。実在の人物・団体等とは一切関係ありません。

異修羅 I

新魔王戦争

全員が最強、全員が英雄、
一人だけが勇者。“本物”を決める
激闘が今、幕を開ける――。

　魔王が殺された後の世界。そこには魔王さえも殺しうる修羅達が残った。一目で相手の殺し方を見出す異世界の剣豪、音すら置き去りにする神速の槍兵、伝説の武器を三本の腕で同時に扱う鳥竜の冒険者、一言で全てを実現する全能の詞術士、不可知でありながら即死を司る天使の暗殺者……。ありとあらゆる種族、能力の頂点を極めた修羅達はさらなる強敵を、“本物の勇者”という栄光を求め、新たな闘争の火種を生みだす。

著／珪素
イラスト／クレタ

電撃の新文芸

超世界転生エグゾドライブ01

―激闘！ 異世界全日本大会編―〈上〉

一番優れた異世界転生ストーリーを決める！
世界救済バトルアクション開幕！

　異世界の実在が証明された20XX年。科学技術の急激な発展により、異世界救済は娯楽と化した。そのゲームの名は《エグゾドライブ》。チート能力を４つ選択し、相手の裏をかく戦略を組み立て、どちらがより迅速により鮮烈に異世界を救えるかを競い合う！　常人の9999倍のスピードで成長するも、神様に気に入られるようにするも、世界の政治を操るも何でもあり。これが異世界転生の進化系！　世界救済バトルアクション開幕！

著／珪素
イラスト／輝竜 司
キャラクターデザイン／zunta

電撃の新文芸